PSYCHOPOMPE

Amélie Nothomb est née au Japon en 1967. Depuis son premier roman, *Hygiène de l'assassin*, elle s'est imposée comme une écrivaine singulière enchaînant les succès en librairie et les récompenses littéraires, se renouvelant sans cesse. En 1999, elle reçoit le Grand Prix de l'Académie française pour *Stupeur et tremblements*, en 2008 le Grand Prix Giono pour l'ensemble de son œuvre et en 2021 le prix Renaudot pour *Premier sang*. Ses romans sont traduits en quarante langues. En 2016, elle devient membre de l'Académie royale de Belgique au fauteuil de Simon Leys.

Paru au Livre de Poche :

ACIDE SULFURIQUE
LES AÉROSTATS
ANTÉCHRISTA
ATTENTAT
BARBE BLEUE
BIOGRAPHIE DE LA FAIM
LES CATILINAIRES
LES COMBUSTIBLES
COSMÉTIQUE DE L'ENNEMI
LE CRIME DU COMTE NEVILLE
LE FAIT DU PRINCE
FRAPPE-TOI LE CŒUR
HYGIÈNE DE L'ASSASSIN
LE JAPON D'AMÉLIE NOTHOMB
(« Majuscules »)
JOURNAL D'HIRONDELLE
LE LIVRE DES SŒURS
MERCURE
MÉTAPHYSIQUE DES TUBES
NI D'ÈVE NI D'ADAM
LA NOSTALGIE HEUREUSE
PÉPLUM
PÉTRONILLE
PREMIER SANG
LES PRÉNOMS ÉPICÈNES
RIQUET À LA HOUPPE
ROBERT DES NOMS PROPRES
LE SABOTAGE AMOUREUX
SOIF
STUPEUR ET TREMBLEMENTS
TUER LE PÈRE
UNE FORME DE VIE
LE VOYAGE D'HIVER

AMÉLIE NOTHOMB

Psychopompe

ROMAN

ALBIN MICHEL

© Éditions Albin Michel, 2023.
ISBN : 978-2-253-25237-5 – 1ʳᵉ publication LGF

Le marchand de tissus vit passer un vol de grues blanches. Émerveillé par leur beauté, il pensa qu'il rêverait de découvrir une étoffe d'une splendeur comparable à leur plumage.

De retour à sa boutique, il reçut la visite d'une cliente mystérieuse. Il s'agissait d'une jeune fille d'une beauté sans précédent. Sa longue chevelure noire était lisse, sa peau étincelait de blancheur, le bout de ses lèvres portait ce trait de rouge qui signale le haut lignage. Cette noblesse trouvait sa confirmation dans les manches de son kimono, qui traînaient jusqu'au sol. L'habit en question arborait le blanc rare des familles élevées.

La jeune fille ne semblait pas se décider pour tel ou tel achat. Le marchand proposa de l'aider. Elle finit par parler, d'une voix d'une douceur étrange :

— Épousez-moi.

Stupéfait, le marchand tenta d'en savoir plus. Qui était-elle ? Pourquoi voulait-elle l'épouser ? Elle se tut avec obstination.

Finalement, l'homme songea qu'il serait absurde de refuser une offre aussi flatteuse, et même s'il n'y comprit rien, il épousa la demoiselle.

Le mariage se déroula sans encombre. Les époux commencèrent leur vie de couple avec sérénité. Tout allait pour le mieux.

Quelques jours plus tard, la jeune femme prit la parole :

— Je ne vous ai pas apporté de cadeaux de noces ni de dot. Si vous mettez à ma disposition un atelier dans lequel je serai seule, je tisserai pour vous une étoffe merveilleuse, à la condition que personne, pas même vous, ne vienne m'y voir.

L'époux accepta. La jeune femme s'isola plusieurs heures par jour en cet atelier et au bout d'une semaine, très affaiblie par son travail, elle donna à son mari une étoffe comme il n'en avait jamais vu, d'une matière indéfinissable, si belle et si précieuse qu'elle coupait le souffle.

— Qu'est-ce donc ? Comment avez-vous procédé ? ne put-il s'empêcher de demander.

Elle baissa les yeux et ne répondit pas.

— M'autorisez-vous à la vendre ? interrogea-t-il.

— Cela vous appartient, vous n'avez pas à me consulter.

Le marchand ne tarda pas à trouver un acheteur pour ce tissu, dont il tira un prix exorbitant.

Les semaines passaient. De nombreux clients se présentaient à la boutique, à la recherche de l'étoffe fabuleuse dont ils avaient entendu parler.

Le mari demanda à son épouse de lui confectionner à nouveau ce prodige. Elle s'isola dans l'atelier pendant une semaine et puis, pâle et amaigrie, fournit une étoffe aussi somptueuse que la précédente.

Le marchand la vendit le double de la première fois et s'en mordit les doigts : s'il avait décuplé le prix, il l'aurait vendue aussi vite. Il pria son épouse de lui fabriquer encore sa spécialité.

Elle ne refusait jamais, bien qu'à l'évidence sa santé en pâtît de plus en plus. Le mari s'en apercevait mais il ne pouvait résister à l'appât du gain. Les gens se pressaient désormais en sa boutique, tout le monde voulait le tissu unique en son genre.

Bientôt, la jeune épouse ne quitta plus l'atelier. Nuit et jour, elle s'efforçait de suivre les cadences infernales exigées par son mari. Celui-ci voyait bien qu'elle maigrissait à l'excès. La femme perdit sa jeunesse et sa beauté, sa peau devint verdâtre, ses cheveux se ternirent, son regard s'éteignit. L'époux s'en inquiétait sans que cela le rendît capable de réagir. Il s'innocentait en minimisant la demande.

Après quelques mois, l'épouse tomba malade. Elle n'en travailla pas moins. Le marchand l'entendait tousser. Sa conscience le torturait. « Si j'entrais dans son atelier, je pourrais peut-être l'aider », pensa-t-il. S'il avait vu clair en lui, il aurait su qu'il voulait découvrir ses secrets de fabrication avant son décès imminent.

N'y tenant plus, il fit irruption dans l'atelier secret et ce qu'il vit le cloua au sol : une superbe grue blanche arrachait à l'aide de son bec ses plumes et son duvet qui se raréfiaient tragiquement et les glissait dans le métier à tisser. Elle en souffrait tant qu'elle poussait des gémissements dont elle déguisait le son en une toux humaine.

Lorsqu'elle aperçut son voyeur de mari, la grue cria de terreur et s'envola aussitôt par la porte ouverte. Le mari désespéré eut pour ultime réconfort de voir que malgré sa santé chancelante, la femme-oiseau put voler jusqu'aux montagnes.

Il s'empara du pan d'étoffe inachevée et constata avec satisfaction qu'elle était invendable. Pourquoi lui avait-il fallu en arriver à de telles extrémités pour se rendre compte que certaines choses étaient sans prix ?

Il plaça le tissu précieux dans son tokonoma et se maudit pour sa vulgarité.

Nishio-san me racontait ce conte traditionnel nippon quand j'avais quatre ans. Sa cruauté provoquait en moi une épouvante voluptueuse. Le contraste entre la veulerie du marchand et la noblesse sacrificielle de l'épouse me ravissait.

Je ne me posais pas la question de savoir s'il y avait une morale dans cette histoire, mais inconsciemment, ce que j'y entendais, c'était que l'oiseau révélait à l'homme sa bassesse.

J'aurais adoré voir des grues. Hélas, même au Japon, c'était l'oiseau rare. J'eus le tort de ne pas m'intéresser aux passereaux du jardin, que je trouvais communs.

À l'âge de cinq ans, je fus arrachée au Japon. Mon père fut posté à Pékin, ce qui, en 1972, n'avait pas de quoi le réjouir.

Je me rappelle mon premier réveil en Chine populaire. C'était l'été et j'avais beau tendre l'oreille, quelque chose manquait. Il me fut difficile d'identifier la nature de cette carence. Il s'agissait du chant des oiseaux.

Certes, le ghetto de San Li Tun était en pleine ville et ne contenait guère d'arbres. Pourtant, on a vu des oiseaux s'accommoder de telles conditions – on a vu des oiseaux s'accommoder de tout.

Mais Mao avait lancé l'une de ses grandes opérations, qui consistait à rendre l'oiseau responsable des famines et autres nuisances. Chaque Chinois devait massacrer les oiseaux qui étaient à sa portée, et même les autres. Cette action fut un succès d'autant plus considérable que celui qui brandissait, devant le commissaire du peuple, le plus de dépouilles aviaires recevait louanges et faveurs.

La Chine ne tarda pas à devenir un désert d'oiseaux. Il fallut beaucoup de temps au Grand Timonier pour remarquer les conséquences catastrophiques de cette disparition pour l'écologie et l'économie du pays. Et comment proclamer qu'il s'était trompé ?

Le seul oiseau qui n'avait pas complètement déserté Pékin était le corbeau. Il ne pullulait pas, il régnait cependant. Son intelligence hors norme lui permit de déjouer les ruses de la population. Il eut à pâtir d'une situation qui le privait des passereaux dont il tirait une part de sa subsistance.

Le corbeau est un animal magnifique. Malheureusement, le ramage ne se rapporte pas au plumage. Quand l'oreille guette un chant et entend un croassement, on ne peut être que déçu.

Néanmoins, je bénis leur présence qui permettait d'élever le regard. Il demeurait en Chine un professeur de distinction. Sa rareté devait expliquer le faible écho de son enseignement.

Car à l'époque, toute forme de raffinement était sévèrement sanctionnée par les autorités. La simple politesse était vue comme contre-révolutionnaire. C'était à qui crachait et rotait le plus fort.

Nishio-san me manquait abominablement. J'essayais de me raconter le conte de la grue blanche dans sa langue. Je sentais le japonais s'évaporer de ma mémoire et j'en souffrais. Pourquoi étais-je incapable de retenir le langage de celle que j'aimais ?

Avec la langue nipponne disparaissait la distinction. Le parler de la gouvernante chinoise était aussi dur et désagréable que le croassement du corbeau. Je me rappelais que la douceur délicate des paroles de Nishio-san s'apparentait au chant du passereau.

Je tentai d'imaginer la grue blanche à Pékin. Elle se serait envolée à tire-d'aile, effarée des convoitises d'une population chasseresse. Ma nostalgie japonaise s'en trouva aggravée.

Trois ans plus tard, mon père fut posté à l'ONU. Nous quittâmes Pékin pour New York. On ne peut pas se figurer contraste plus absolu.

New York regorge d'oiseaux. Pigeons, moineaux, mouettes. À Central Park, des passereaux de toutes sortes. Des corbeaux aussi, mais pas uniquement. Je vécus ces retrouvailles comme une résurrection.

Chaque week-end, nous allions dans une cabane au fond de la forêt, upstate New York, en un lieu d'une sauvagerie à peine concevable. La gent aviaire y pullulait. Les geais, les merles – les fameux *mocking birds*, les cardinaux, les bruants hudsoniens, il n'y en avait que pour le ciel.

Je redécouvris cette ivresse de se réveiller avec le jour et de rester au lit pour guetter les chants d'oiseaux. Bonheur sans nom de les identifier peu à peu, comme on le ferait pour les instruments d'un orchestre. Joie de sentir la liesse de cette musique et de s'en laisser envahir. Qui peut résister à cette imprégnation, même inconsciente ? Je n'avais pas de défense immunitaire contre cette beauté.

Comme ma mère interdisait de quitter le lit avant sept heures, la contemplation auditive devint l'activité de mes aubes. Impossible de s'habituer à un processus aussi variable : chaque matin était le premier. Les saisons n'étaient qu'un paramètre parmi tant d'autres.

Je ne tardai pas à élucider une vérité merveilleuse, à savoir que les oiseaux sont des individus. Affirmer que le rouge-gorge chante bien équivaut en sottise à déclarer que l'homme chante bien. En tendant l'oreille, je décelais quel rouge-gorge avait du talent. Ce n'était pas uniquement une question de spécimen. De même que les plus grands chanteurs d'opéra peuvent ne pas être au sommet de leur forme pour mille raisons différentes, un seul rouge-gorge pouvait manquer de talent tel jour ou à telle heure.

L'hiver, il me fallait attendre plus longtemps le début du concert, qui se limitait alors à de rares solos. Ce furent les performances les plus bouleversantes. Le chant du matin d'hiver échappait à l'invitation amoureuse, il était chant de survie. Ce merle transi de froid inventait une beauté plus haute pour détourner ses sens de la souffrance. Chanter pour apprivoiser le gel, quel héroïsme !

Beaucoup plus tard, quand j'entendis l'air célèbre du Génie du froid, je me demandai si Purcell n'avait pas trouvé son inspiration dans cette pratique hivernale des oiseaux. Et lorsque moi-même je grelotte sans rémission, j'essaie de chanter pour m'en sortir. Faut-il préciser que le résultat laisse à désirer ?

Reconnaître l'élégie glaciale, du fond de son lit, invitait à jouir plus profondément de la chaleur des couvertures. Il n'empêche qu'identifier la voix d'un cardinal et ne pas avoir le droit de courir à la fenêtre pour l'admirer relevait du supplice. Je devais alors imaginer l'éclat rougi de son plumage. Boris Vian inventa le pianocktail, je créai le pianochrome. Tel son déclenchait telle couleur. La traduction chromatique pouvait être très subtile qui précédait le lever du soleil. C'étaient des nuances qui se percevaient dans l'obscurité.

Je dormais avec ma sœur qui avait le sommeil léger : je ne pouvais pas ouvrir le rideau en cachette. Nos parents dormaient dans la chambre d'à côté, la cloison était très mince, aucun bruit ne passait inaperçu. Ne pas transgresser le silence avait le mérite de développer l'acuité auditive. Certaines aubes, il me semblait entendre jusqu'à l'enrouement d'une mésange.

À mon chevet, le réveil était l'objet d'un guet maladif. À sept heures pile, je me levais et sortais de la chambre sur la pointe des pieds. Dans la salle de séjour, je trottinais jusqu'à la fenêtre, soulevais le rideau et interrogeais des yeux les branches d'arbre environnantes. L'hiver, il faisait noir et je ne pouvais rien distinguer. Le nez collé à la vitre, j'attendais la naissance du jour. La réverbération de la blancheur permettait d'y voir clair plus tôt. Je connais peu d'émois plus vifs que l'épiphanie du cardinal sur fond de branchage enneigé. Le drapeau japonais n'était pas son cousin. Voir apparaître un à un les concertistes de l'aube m'obsédait.

Il me fallait ensuite préparer le café, tâche qui m'était nouvellement dévolue et que je prenais très au sérieux. Nous n'avions ni cafetière ni percolateur. Je recourais donc à la bonne vieille méthode du filtre en papier. Ma mère m'avait enseigné que plus lentement je verserais l'eau, plus j'obtiendrais un café corsé. Je versais l'eau, par conséquent, à une lenteur désespérante. Cela tombait bien, j'avais tout mon temps. C'était pour moi un sport de saisir la louche et de la vider sur la poudre goutte à goutte. Je voulais battre tous les records de lenteur.

Ainsi, quand mon père se lèverait, je lui apporterais une tasse de mon élixir, il y tremperait les lèvres et s'exclamerait : « Je reconnais ton café, il n'y a que toi pour en faire un aussi fort ! » Son ton approbateur équivaudrait à mes yeux à une distinction militaire et je bombais déjà le torse en prévision.

Être la vestale du café détournait mon attention des oiseaux. Dès que j'allais jouer dehors, je les retrouvais avec plaisir mais j'avais mille autres centres d'intérêt, comme vérifier si le ruisseau coulait toujours ou patiner sur le lac. C'est le propre de l'enfance d'offrir son adoration absolue à telle activité avec une sincérité sans borne, et puis de s'en désintéresser jusqu'au lendemain.

Le dimanche soir, nous retournions à New York. Mon père nous sortait plusieurs soirées par semaine, il nous emmenait voir des ballets. Pour moi, *Le Lac des cygnes* était un titre générique : même quand le ballet s'intitulait *Giselle* ou *Coppélia*, j'y voyais un chapitre de cette affaire d'oiseaux. Je me pris dès lors d'une passion folle pour ces spectacles aviaires et décrétai que je deviendrais danseuse étoile. On m'inscrivit au cours de danse, où je manifestai très peu de don, ce qui ne changea rien à ma conviction d'y arriver.

De tous les animaux de la préhistoire, le dinosaure était celui que l'on s'attendait le moins à voir voler un jour. C'est pourtant lui qui y parvint, au terme, certes, d'une évolution aussi interminable que périlleuse. S'il y avait réussi, pourquoi pas moi ?

Consciente que je ne disposais pas de millions d'années devant moi, je décidai de brûler les étapes. Puisque la professeure m'interdisait les pointes au motif que j'étais une débutante, je fis la queue à la sortie des artistes du New York City Ballet et sautai au cou de mon égérie, Suzanne Farrell, qui était alors danseuse étoile. Je lui demandai si je pouvais acheter ses chaussons et dans un élan d'affection elle les offrit, dédicacés, à cette gamine de huit ans.

Il s'avéra que la ballerine adulte avait la même pointure que moi, peut-être pour s'être tant supplicié les pieds. J'enfilai ses chaussons et ne marchai plus que sur les pointes. À l'école, dans le bus, chez moi, on ne me connut plus d'autre allure.

Je le vécus comme un très convaincant prélude à l'envol. Marcher sur les pointes modifiait considérablement la répartition de la pesanteur. Quand personne ne me regardait, je battais des bras, examinant la possibilité de quitter le sol. En présence de tiers, je tentais le célèbre grand jeté en avant que Nijinski avait révolutionné dans *Le Spectre de la rose* de Diaghilev. Les spectateurs avaient cru que le danseur s'envolait.

De même que le Vatican est le pire ennemi de la sainteté, ce fut la professeure de ballet qui remarqua mon manège et avertit mes parents que je mettais gravement en péril ma croissance et mon intégrité physique. Les chaussons furent confisqués et je recommençai à fouler le plancher des vaches.

La grâce de l'enfance opéra. Au lieu de me décourager, je passai à autre chose sans pour autant renoncer à rien.

À l'âge de onze ans, j'arrivai au Bangladesh, où mon père devint ambassadeur. Le contraste New York-Dacca égalait celui qui opposait Pékin à New York.

Au Bangladesh régnait la mort, causée par la faim, la maladie et les variantes de la misère. Dès l'aéroport, je vis un grand nombre de vautours et de corneilles mantelées.

Nous habitions un genre de bunker entouré d'un jardin exigu. Il y avait des arbres et donc des oiseaux. Je fis connaissance.

Dacca, comme le Bangladesh entier, était sillonné d'eau, que ce fût le Gange ou l'un de ses affluents. Aux oiseaux mangeurs de cadavres s'ajoutaient par conséquent les oiseaux fluviaux, comme les martins-pêcheurs qui s'épanouissaient même en ville. Il y avait un plaisir troublant à voir leurs couleurs éclatantes jaillir dans des zones sinistrées.

Au jardin, je découvris l'alouette à tête rousse, la bergeronnette du Bengale et l'hirondelle fluviatile. Ces passereaux ne différaient guère de leurs équivalents occidentaux, à ceci près qu'ils ne pratiquaient pas la migration. Pourquoi auraient-ils quitté un pays où, l'hiver, la température ne descendait jamais en dessous de vingt degrés ?

À l'échelle de ma vie, j'en arrive à un épisode qui me plonge dans la perplexité la plus absolue. Comme la plupart des gens, j'ai connu des moments que l'on pourrait dire d'éveil. Ce n'était pas le satori, bien sûr, mais c'était à chaque fois le *kensho* : éveil qui, pour ne pas être définitif, sépare le temps en un avant et un après. Par définition, on se rappelle un tel instant : surtout moi, qui ne manque pas de mémoire pour ce genre de sacres.

Or, je n'ai pas trace de souvenir de cet éveil-là. Peut-être parce que les symptômes en furent d'une banalité sans nom : le front collé à la fenêtre, j'observais les oiseaux du jardin. J'extrapole puisque cet instant m'a échappé. Toujours est-il qu'il y eut un avant et un après : il m'apparut que l'oiseau était la clef de mon existence.

Jusqu'alors, je m'étais passionnée pour l'espèce aviaire. Désormais, c'était au-delà : l'oiseau serait mon mystère. Il n'y avait pas d'explication.

La magie opéra aussitôt. L'oiseau devint permanent en moi. Tout se passa comme si j'avais brusquement acquis la vision latérale. Je le vécus à la manière d'une révolution : voir le monde sur les côtés, c'était si neuf qu'il n'y avait rien à en dire.

Par ailleurs, comment ne pas avertir mon entourage qu'il m'était arrivé un événement si bouleversant ? Comment le nommer ? Les mots qui me venaient étaient dérisoires. Je savais que je venais de changer de dimension.

À table, je déclarai :

— J'ai découvert les oiseaux.

Personne ne releva une sottise pareille, sauf mon père, qui se montra plus insistant :

— Pourquoi ?

Je restai le bec dans l'eau.

— Parce que l'oiseau symbolise la liberté ? suggéra-t-il.

— Voilà, répondis-je.

Mon père acquiesça gravement.

Je savais que ce n'était pas ce que je ressentais. Si l'oiseau symbolisait la liberté, ce devait être une erreur. Il ne devait pas être si libre qu'on se le représentait. Et surtout, ce n'était pas la cause de ma métamorphose. Celle-ci me restait inconnue.

La liberté, je la convoitais, certes. Mais j'avais l'instinct qu'elle n'était pas ce que l'on croyait. L'oiseau en vol donne une puissante image de liberté, mais cette liberté, il devait la conquérir au prix d'efforts terribles.

Martha Argerich, quand elle joue Chopin, donne elle aussi une puissante image de liberté. Son visage amusé semble le confirmer. Faut-il rappeler les années de pratique ingrate dont elle a eu besoin pour atteindre ce niveau ?

Chaque année, au moment de leur apprendre à voler, les parents oiseaux perdent une proportion considérable d'oisillons. L'envol demeure un enjeu capital qui s'acquiert au prix de la vie. Encore faut-il l'entretenir une fois qu'il est obtenu. Pas question de s'octroyer un jour sans voler. La musculature nécessitée par cette activité demande un entraînement intensif où l'on ne peut se permettre aucun relâchement.

Voler suppose en outre une quantité énorme de carburant. L'expression « manger comme un oiseau » est le sommet du contresens. L'oiseau doit manger trois fois son poids par jour s'il veut voler autant qu'il le doit. Il lui faut rechercher du matin au soir des doses colossales de nourriture. Imaginons que nous devions chacun nous procurer trois fois notre poids d'aliments par jour, nous passerions notre existence entière au supermarché. Si tel devait être notre destin, nous ne nous tiendrions certainement pas pour libres.

Au moins, la réponse paternelle m'offrit-elle un prétexte honorable. Mon obsession aviaire fut interprétée en termes de quête libertaire. J'entendis mon père dire à ma mère qu'avoir vécu en des pays dictatoriaux tels que la Chine populaire avait dû m'ouvrir très tôt les yeux sur la privation de liberté endurée par tant d'individus.

Loin de moi l'idée de minimiser l'horreur côtoyée dans la Chine de Mao. Pourtant, j'atteste que l'obsession neuve ne lui était pas reliée. Je me mis à observer les oiseaux partout, y compris dans les livres. La planche des oiseaux du Larousse, que je connaissais déjà par cœur depuis longtemps, fut consultée dix fois par jour. Elle n'avait plus rien à m'apprendre mais j'avais trop besoin de contempler certaines espèces.

À Noël, je reçus le *Guide des oiseaux d'Europe* publié chez Bordas. Mon frère ricana :

— Les oiseaux d'Europe, ça te fait une belle jambe ! Ce ne sont pas ceux que tu vois ici.

Il se trompait. Le cadeau m'enchanta. Si les parents m'avaient offert un guide des oiseaux d'Antarctique, j'aurais été également enthousiaste. Je n'avais pas besoin de vérifier les créatures de mon entourage, encore que j'y aurais éprouvé le plaisir redoublé de voir confirmées mes observations par le savoir d'illustres prédécesseurs.

Les oiseaux, je devais les constater. Prendre acte de leur existence. C'était infiniment plus important que de les répertorier, même si cette opération ne manquait pas de charme.

Constater les oiseaux relevait pour moi de la métaphysique. Il nous était donné de côtoyer au quotidien un règne à ce point hallucinant : ne pas y consacrer son attention entière était inconcevable. À quoi bon rêver d'anges et de chimères quand il existe pour de vrai une créature qui dépasse notre entendement ? Le plus ravissant des séraphins est moins beau que le plus humble des accenteurs mouchets.

Ces considérations, je les écris aujourd'hui, j'aurais été incapable de les formuler à l'époque. À onze ans pourtant, j'étais un être de langage, comme la plupart des enfants. L'obsession neuve fut ma première incursion dans le non-verbal. Je ne pouvais pas commenter, même pas d'un mot unique, l'univers aviaire. Je ne pouvais pas m'en parler à moi-même. Jusqu'alors, mes centres d'intérêt avaient toujours été incorporés dans ce que j'appelais l'histoire : le récit ininterrompu que je me narrais en secret.

C'est sans doute pour cette raison que mon éveil à ce monde m'a échappé. Habituée à me raconter les péripéties de mon existence, je me retrouvais dans une situation où les mots n'approchaient aucunement la perception. Découvrir les oiseaux, ce fut découvrir la sidération.

C'était tellement puissant qu'il m'est toujours aussi difficile d'exprimer ce trouble par le langage. Il y a des millions d'années, un dinosaure a conçu le désir délirant de voler. Ce pachyderme a mis en place un processus de dément dans le but d'accomplir un rêve improbable. Quelle que fût son intelligence, il devait sentir qu'à supposer que cela se réalise un jour, ce serait au terme d'une durée si formidable qu'il n'en profiterait pas, ni lui, ni ses enfants, ni ses arrière-petits-enfants.

Mesure-t-on ce qu'il faut d'idéal, de candeur, de courage, de longanimité et de fulgurance pour se lancer dans une aventure pareille ? Il me semble qu'à ce moment-là, il m'a brusquement été donné d'entrevoir la grandeur de cette décision.

Depuis l'apparition du dinosaure jusqu'à celle du premier dinosaure volant, que l'on appelle archéoptéryx, s'écoulèrent quatre-vingts millions d'années. Une telle durée nous écrase. Entrevoir une patience aussi sublime, c'est soupçonner le principe moteur de l'univers. Ce qui permet de tabler sur un infini pareil, c'est le désir.

On a tendance à opposer celui-ci à la disposition. D'instinct, je crois peu aux dons. Je ne nie pas qu'ils existent ; je doute de leur efficacité. J'ai rencontré des gens doués : ils avaient tendance à s'énerver de ne pas être reconnus assez vite. Il est rare que la disposition incite à la patience. Celle-ci ne peut germer que dans un destin digne de ce nom.

Un désir qui dure quatre-vingts millions d'années, et qui persévère, puisque l'archéoptéryx n'a été qu'une étape, voilà qui inspire le respect.

A posteriori, j'interprète mon éveil à l'oiseau en termes de désir. Et si cela m'a échappé sur le moment, la suite l'a confirmé. Formulons ainsi ce qui a dû me frapper : « N'éprouve pas de désir inférieur à celui de l'oiseau. »

Auparavant, j'avais des velléités, comme n'importe quel enfant. Un jour je rêvais d'un métier à tisser. Le lendemain, je voulais jouer de la guitare. Loin de moi l'idée de dénigrer cette tendance, qui correspond à la vitalité du premier âge.

Dès l'instant où l'obsession aviaire est entrée en moi, ces caprices enfantins ont disparu. Ils ont laissé place à un vide énorme, puisque j'étais incapable de déterminer les tenants et les aboutissants de cet éveil. Pour simplifier, je dirais qu'avant, j'étais un œuf. J'ai toujours eu une prédilection pour les œufs. Aujourd'hui encore, c'est mon aliment préféré. J'ai d'ailleurs essayé, il y a vingt-cinq ans, de ne me nourrir que d'œufs. Le résultat fut catastrophique. Cela ne m'a pourtant pas dégoûtée de mon aliment fétiche.

À onze ans, l'œuf a éclos. Ce fut une éclosion véritable : très difficile et angoissante. Imaginez, vous avez toujours été un œuf, c'est si agréable, vous êtes au chaud dans votre coquille, qui est confort et bienveillance, et soudain celle-ci se fissure et éclate. Vous vous retrouvez à l'air libre, sans même un plumage pour vous protéger.

Expérience saumâtre. Vous attendez de recevoir des directives.

Problème : personne ne m'en adressa. Ce n'est pas un reproche à mon entourage. Qui eût pu se douter de ce qui m'arrivait ? Je n'avais pas l'air anxieuse.

J'eus le bon instinct : ne sachant à quoi employer cet état, je décidai d'étudier ce qui me l'avait inspiré.

Lire les manuels d'ornithologie s'avéra mieux qu'un passe-temps. C'était une source d'étonnement sans fin. La simple diversité de l'espèce avait de quoi m'occuper. Que l'oiseau se décline de la mésange rémiz au gypaète barbu, en passant par la sterne arctique et la sittelle torchepot avait de quoi surprendre. La nomenclature se faisait l'écho de la difficulté d'une classification. L'un de ces individus fut baptisé sur la foi de sa prédation l'autour des palombes. On l'appelait simplement un autour. N'était-ce pas merveilleux ?

Moi aussi, on aurait pu me désigner ainsi : une autour des oiseaux. Je n'étais pas prédatrice mais admiratrice. Je trouvais de quoi nourrir mon obsession dans les manuels, dans le dictionnaire et dans la réalité. Les sorties hors de la maison devenaient moins atroces. Au lieu de regarder les mourants omniprésents, je contemplais les oiseaux.

Au jardin, il y avait des tisserins. J'observais leurs nids avec extase. Pouvait-on imaginer logis plus protecteur ? Ceux-ci échappaient aux attaques des corneilles et des serpents. Il fallait voir l'habileté avec laquelle les becs entremêlaient les brins de paille ou de jonc pour tisser ces poches habitables, dont la porte longue et mince n'était accessible que pour leur sveltesse.

Qui dit Bengale dit bengali. Il fut inévitable que je reçoive une cage peuplée de quatre de ces minuscules créatures. Je les libérai à la première occasion, ce qui me valut une semonce.

— C'est très impoli à l'égard du donateur.

— Nous ne lui dirons rien.

— Il n'est pas certain que ces oiseaux survivent ici.

— Si des bengalis ne survivent pas au Bangladesh, les bras m'en tombent.

Le malentendu se poursuivit. Une amie de ma mère m'offrit un canari smet, qui fut logé dans la cage des bengalis.

— Ce n'est pas un oiseau du pays, dit mon père. Ne le libère pas.

Je nommai Sirocco ce malheureux dont la captivité m'écœura. Il y avait à la maison une buanderie très peu fréquentée. Je pris l'habitude de m'y isoler avec Sirocco que je laissais voler dans la pièce. J'en profitais pour lui parler :

— Désolée pour ton incarcération. Tu dois m'en vouloir, je te comprends. J'appartiens à une espèce sadique. Je renonce à t'apprivoiser, ce serait comme te demander de trahir les tiens.

Assise sur un vieux pneu, je l'observais pendant des heures. Son vol incessant et furtif ne semblait pas correspondre à une émotion particulière. À peine posé, l'oiseau s'envolait. C'était à se demander pourquoi il se posait. Sa volée, escortée d'un *frrrrt* incessant, ne lui coûtait d'évidence aucun effort. Il battait continuellement des ailes, au point qu'en vol celles-ci devenaient indiscernables. Se poser ne s'accompagnait d'aucune séquence d'atterrissage, pas plus que s'envoler ne lui demandait la moindre gymnastique.

Pour mon dépit, il ne m'accordait aucune attention. « Qu'en sais-tu ? Il pratique la vision latérale, il peut très bien te contempler à ton insu », me dis-je. Je n'y croyais pas. Je sentais son indifférence à mon égard. Si je faisais mine de m'approcher, il n'avait pas peur, il m'ignorait. Comment ne pas lui donner raison ? Sa couleur orange prouvait qu'il appartenait à une espèce trafiquée par l'homme. Je pouvais m'estimer heureuse s'il ne me haïssait pas.

Une héroïne de George Sand racontait que les oiseaux l'adoraient. Les alouettes entraient dans sa chambre pour se poser sur son épaule. Elle ne pouvait pas tendre la main sans que ses doigts servent de perchoir aux mésanges. Je lisais et relisais ce passage avec amertume. Comment expliquer que je ne fusse pas l'objet d'une telle prédilection ?

Plusieurs réponses me venaient à l'esprit. Cette héroïne ne gardait pas d'oiseaux dans une cage, elle. Les passereaux qui lui rendaient visite étaient ceux du pays. En outre, il s'agissait d'une époque reculée : un siècle et demi auparavant, l'homme ne s'était pas rendu coupable de crimes aussi graves à l'égard des animaux. Cette relative innocence ne l'avait pas encore transformé en ennemi public numéro 1.

Autre possibilité : George Sand inventait. Exagération de romancière. Une femme sur la main de laquelle des oiseaux se posent, cela n'existait que dans les films de Walt Disney.

L'hypothèse que j'aimais le moins, c'était que les oiseaux ne m'aimaient pas, moi. Ils sentaient en moi la personne détestable. L'étais-je ? À y réfléchir, c'eût été m'attribuer trop d'importance.

Je me retrouvais à la case départ : Sirocco ne s'intéressait absolument pas à moi.

Étrange destin que celui de son espèce. Aux îles Canaries, les hommes remarquèrent un serin qui eut la mauvaise idée de chanter en leur présence. La beauté de son chant lui valut d'être incarcéré. Ainsi, l'expression de la plus pure joie entraîna son trafic.

La moindre des choses eût été qu'en captivité son chant se tarisse. Ce n'est pas ce qu'il advint. J'observai avec Sirocco le même phénomène : lâché dans la buanderie, il ne chantait jamais. De retour en sa cage, il n'était pas avare de ses trilles magnifiques.

Encore fallait-il l'y remettre. Je devais à cette fin le capturer, ce qui occasionnait des scènes accablantes. Il m'en coûtait de poursuivre celui que j'aurais préféré laisser libre. L'ambiguïté de mon rôle ne m'échappait pas et je maudissais ma sujétion d'enfant. Quand j'avais enfin entre mes mains le petit corps tremblant, je serrais les dents.

Dans sa cage, Sirocco n'interrompait la succession envol-arrêt que pour manger, boire ou chanter. Son ramage l'occupait beaucoup. Il chantait de préférence quand je ne le regardais pas. Le séquençage du chant ne différait guère, la nuance apparaissait dans l'insistance accordée à tel ou tel aigu, à tel ou tel trille.

J'aurais voulu comparer son chant avec celui d'un autre canari. Ma mère apprit que la fille de l'ambassadeur d'Égypte en possédait également un. Elle consentit à m'inviter chez elle.

Dahlia avait mon âge et un canari qui ne chantait pas.

— Godzilla m'adore et il n'adore que moi.

Elle ouvrit la cage et Godzilla vint aussitôt se poser sur son épaule.

— Il ne chante pas. Pourquoi ? demandai-je.

— Qu'est-ce que j'en sais ?

Son canari avait gardé sa couleur originelle jaune aux ailes marron striées de jaune. Était-ce pour cela qu'il était moins farouche ? Il recula d'effroi quand je tendis ma main vers lui.

— Désolée, dit Dahlia. Je suis la seule qu'il accepte.

Elle commençait à m'agacer. Pour ne rien arranger, elle m'interrogea sur ma consommation d'alcool. Comme je ne cachai rien de mes habitudes, vin à table, whisky à l'apéritif, elle s'écria :

— Je t'en supplie, n'en bois plus ! Si tu savais le mal que tu te fais !

— Ça me regarde.

— C'est peut-être pour ça que ton canari te fuit.

Je ne cherchai pas à argumenter.

Elle remit Godzilla dans sa cage. Il commença à chanter.

— C'est la première fois qu'il chante ! s'exclama-t-elle.

Persuadée d'y être pour quelque chose, je me rengorgeai :

— C'est qu'il est heureux de me voir.

— Chanter ne signifie pas nécessairement être heureux, répliqua Dahlia.

Au-delà de la pique, la fillette levait un lièvre : pourquoi avons-nous l'impression qu'un oiseau chante sous l'impulsion de la joie ? On peut très bien chanter sous l'effet du désespoir, voire de la souffrance.

— Tu te rends compte, reprit-elle, lui qui n'avait jamais chanté, il se met à chanter comme un pro !

— Pourtant, le chant n'est pas inné chez les serins. Il a dû entendre chanter un canari ou un autre oiseau avant de te rencontrer, dis-je doctement.

— Il peut apprendre d'un autre ?

— Oui. Mais Godzilla a dû apprendre d'un canari : son chant ressemble très fort à celui de Sirocco.

— Pourquoi a-t-il attendu de te rencontrer pour chanter ?

— Il chante peut-être pour supporter ma présence, suggérai-je.

Dahlia se satisfit de cette hypothèse. Elle alla jusqu'à l'étayer :

— Chanter permet d'endurer le pire.

Je décidai d'ignorer cette provocation égyptienne et de cultiver la diplomatie :

— Et si nous organisions une rencontre entre nos canaris ?

Rendez-vous fut pris. Je revins avec Sirocco en sa cage. Les deux canaris furent laissés libres dans la chambre de Dahlia. Ils commencèrent par s'ignorer longuement.

— Dommage que ce soient deux mâles, dit Dahlia.

— Ils s'observent plus que tu ne le penses. Godzilla est sur son terrain, c'est un avantage.

Après cette phase de méfiance, Sirocco chanta. Je ne l'avais jamais entendu chanter avec tant de talent. J'étais aussi fière que si j'avais été sa professeure.

Godzilla l'écouta, tête sur le côté, et puis lui emboîta le pas. Il chanta du mieux qu'il put.

— Le tien chante mieux, dit Dahlia.

— L'expérience, commentai-je.

— Ils se parlent, non ?

— En effet. Et ils se disent : « Je suis chez moi. »

— Mais Sirocco n'est pas chez lui.

— C'est aussi pour cela qu'il chante si bien. Ce qu'il a à prouver ne va pas de soi.

— Ils se disputent, alors.

— Pas seulement, répondis-je. Le jeu leur permet de faire connaissance. Et Godzilla en profite pour prendre une leçon de chant.

— Toi qui prétends tout savoir, comment expliques-tu que Godzilla m'aime et que Sirocco ne t'aime pas ?

— Est-ce que Godzilla t'aime ? Il n'a pas peur de toi, c'est l'unique certitude qui ressort de son comportement.

— Alors pourquoi Sirocco a-t-il peur de toi ? demanda Dahlia.

— Il a raison. Moi aussi, j'ai peur de moi.

Je disais vrai. Depuis que j'avais contracté la passion aviaire, je ne cessais de me heurter en moi à l'inconnu. Lire des traités d'ornithologie me rendait encore plus mystérieuse à mes propres yeux.

— Mais je suis d'accord avec toi, ajoutai-je. Cela m'énerve, que les scientifiques prétendent traduire les comportements des oiseaux. Comme si ceux-ci pouvaient confirmer !

— C'est du langage humain, en plus.

— Exactement.

Godzilla et Sirocco continuèrent à chanter chacun à son tour. Ils rivalisaient avec politesse, ils écoutaient la prestation de l'autre d'un air méditatif avant de tenter de le battre en tenant telle note plus longtemps. Chaque strophe avait une structure identique, la variation concernait l'intensité des trilles et leur virtuosité. J'eus l'idée de compter : Sirocco avait toujours une strophe d'avance.

— Tu crois qu'ils comptent ? interrogea Dahlia.

— Oui. Sirocco va jusqu'à onze strophes, Godzilla plafonne à dix. Ils ont l'esprit mathématique.

Peu après, mon père me dit qu'il avait discuté avec l'ambassadeur d'Égypte lors d'un cocktail. Celui-ci lui avait raconté, non sans inquiétude, que ma seule présence avait suffi à inspirer au canari de sa fille le besoin de chanter. « Il nous casse les oreilles à présent », s'était plaint l'Égyptien, qui soupçonnait derrière cela quelque sorcellerie.

— Il paraît aussi que tu arbitres les chants comme un concours en comptant les strophes, ajouta mon père. Et que ton oiseau l'a emporté.

— Bien sûr, commentai-je sereinement.

Rutilant de fierté, mon père entonna *La Brabançonne*.

Le Bangladesh, jeune démocratie, se devait de posséder sa compagnie aérienne. La Biman Bangladesh Airlines avait pour slogan « *Majestic all the way* ». « *Fly Biman !* » déclaraient des affiches publicitaires sises entre les dépotoirs et les bidonvilles. Nous obéissions à cette injonction. Au moins une fois par mois, nous nous rendions à l'aéroport de Dacca, qui ressemblait à une caserne de province munie d'un parking, pour nous envoler. Une armada de Fokker délaissés par les pays industrialisés s'offraient à nous conduire à Chittagong, à Mymensingh, à Sylhet ou à Cox's Bazar.

Rétrospectivement, je comprends le fol attrait que ces toponymes exerçaient sur mon père. Mais à l'époque, ma sœur et moi déplorions cette curiosité que nous ne partagions pas et qui nous valait d'être si souvent transbahutées en des lieux improbables, d'autant que pour nous y rendre, nous n'avions pas le choix, il fallait prendre l'avion.

Les Fokker de la Biman Bangladesh explosaient régulièrement en vol ainsi que leurs passagers. Si la presse en parlait peu, ce n'était pas par manque de liberté mais par manque d'intérêt. Au Bangladesh, mourir était la banalité même. Trépasser dans un accident d'avion ou des causes habituelles, la belle affaire !

En avion, ma sœur et moi échangions les raisons qui nous attachaient à cette existence terrestre. La conclusion ne différait jamais : « J'aime surtout être ta sœur. » Nous souhaitions que le crash aérien nous tue ensemble.

Les hôtesses m'adressaient des sourires attendris et me tendaient les chocolats de la ligne aérienne, dans lesquels on trouvait des cancrelats momifiés. Il n'était pas rare que le vol traverse un orage de mousson. La convulsion des éclairs nous secouait si fort que mon père mentait. Je me rappelle lui avoir demandé s'il avait autant peur que moi. Verdâtre, il répondit ce double mensonge :

— Non. Il y a un paratonnerre.

Le bon côté de ces voyages était qu'à l'atterrissage, on était pris d'une bouffée de joie : nous avions survécu. Hélas, dès l'aéroport de province, nous étions alpagués par les officiels. Il paraissait tellement incroyable qu'un ambassadeur veuille leur rendre visite qu'une délégation déployait des flonflons divers et variés. L'intention était louable mais le résultat affligeant. Mon père et ma mère se prêtaient de bonne grâce à ces pantomimes. Juliette et moi avions du mal à faire bonne figure. Nous avions quatorze et onze ans, ne pas bouder requérait déjà beaucoup d'efforts.

Nous découvrîmes les mairies et les palais des gouverneurs des provinces les plus reculées du Bangladesh. Il s'agissait de bâtiments récents et pourtant l'air saturé d'humidité les transformait presque aussitôt en ruines. Pendant que des dignitaires expliquaient à mon père en quoi la région était prépondérante dans l'histoire du pays, je me rendais aux toilettes, que je découvrais squattées par une famille de grenouilles.

Les rares fois qu'il nous était loisible de nous éloigner des délégations, nous observions les diverses variétés de misère d'une population fascinante. La mort sans cesse en action ne laissait de répit à personne. Les gens sentaient si fort sa présence qu'ils avaient les yeux en feu. Toute occasion était bonne pour commencer un concert d'improvisation. S'il y avait un sarod, c'était encore mieux.

La nuit, les chauves-souris dominaient le ciel. J'essayai en vain de comprendre pourquoi mon obsession aviaire ne les incluait pas. Qu'elles fussent des mammifères n'était pas une explication suffisante.

Sylhet fut l'une des villes qui me plurent le plus. Elle était entourée de jungle, qui me passionnait bien davantage que les rizières. C'est là que je vis ce que je pris d'abord pour une de ces chauves-souris qui régnaient la nuit en maîtresses du ciel et qui s'avéra mériter le nom fabuleux d'engoulevent oreillard.

Cet oiseau avait l'apparence d'un dragon. Il poussait des cris qui ressemblaient à un sifflement approbateur. Le voir de près stupéfiait. Deux oreilles pointues entouraient un faciès de gargouille qui exprimait une colère hors du commun. Le mâle ne se différenciait pas de la femelle. L'engoulevent oreillard volait silencieusement en cercles, à la recherche d'insectes qu'il accumulait dans son jabot. Son plumage se confondait avec le sol où il vivait le jour. À la tombée du soir il s'élançait dans le ciel. La nuit, il préférait se poser sur les hautes branches.

J'éprouvai d'emblée pour lui une passion. Pour d'obscures raisons, cet élan alla jusqu'à l'identification. Cela me valut des « Tu n'es pas si moche que ça quand même » qui soulignèrent l'ampleur du malentendu. Moi, je le trouvais magnifique. Son nom parlait pour lui. Étymologiquement, il était celui qui avale le vent. Une telle aérophagie laissait perplexe, sauf que pour ma part, j'y entendais autre chose. Il était celui qui avait l'aval du vent. Son vol le confirmait. Il fallait le voir tutoyer Éole, se glisser entre deux courants, emprunter le couloir d'air qui le propulserait en plein ciel en moins d'une seconde, puis dévaler tant d'altitude pour le plaisir, et se rattraper juste avant le sol.

Voler comme l'oiseau, dit la chanson. Oui, mais lequel ? Qu'y a-t-il de commun entre le vol du canard colvert et celui de l'engoulevent ? Pour les bouseux que nous sommes, voler comme un canard paraît déjà formidable. Nul doute que l'engoulevent s'offusque de la pantomime du balourd, surtout au moment où il s'envole : on dirait un gros oncle se décidant enfin à se lever pour aller chercher une bière.

La nature profonde de l'engoulevent, c'est de voler. Je soupçonnais qu'il avait choisi d'être insectivore juste pour s'alimenter en vol. J'observai que, pour boire, il préférait attendre la pluie : ainsi, il pouvait se désaltérer dans l'espace. Il n'était pas jusqu'à son expression furieuse qui ne s'expliquât par mon principe : dès qu'il atteignait la limite de ses forces et devait se poser, il enrageait. À l'aide d'une paire de jumelles, j'épiais son visage quand il volait. Pour autant qu'il fût possible de saisir l'humeur de qui bougeait sans cesse, il me sembla qu'il n'avait plus son air courroucé.

L'affût du regard changea ma vie. Une absence de don pour la photographie m'empêcha de devenir chasseresse d'images. Ce fut toujours avec mes yeux que j'enregistrai les oiseaux, dont les physionomies s'imprimèrent dans ma mémoire au point d'en modifier le fonctionnement.

L'engoulevent métamorphosa mon cerveau. L'oiseau m'apprit à faire flèche de tout bois. À mépriser la pesanteur quand on pouvait si facilement se jouer d'elle pour s'ébattre dans les airs. La vitesse n'était pas le but – quel piètre objectif ! – mais la condition *sine qua non* de l'existence, qui permettait d'échapper aux prédateurs par la seule élégance qui vaille, le plaisir.

Dira-t-on jamais assez la jouissance de l'engoulevent ? Il se jette dans le vent comme dans la volupté, tour à tour il le contre puis lui obéit puis l'étonne puis s'offre, il est l'amant génial du courant d'air.

À Sylhet, la jungle était entrecoupée de jardins de thé. Je n'en avais encore jamais vu. Rien ne ressemble autant à l'idée du paradis. Ce vert tendre, ces moutonnements de terrain, et l'humidité délicate qui s'en dégage, autant de douceur installée sur la terre, avec pour écrin la forêt de la préhistoire : j'aurais voulu vivre là, à l'exemple de l'engoulevent. Tant qu'à nicher au sol, quelle riche organisation de loger sous les plantations d'arbres à thé !

Mon identification n'en fut que plus précise. Le thé, ma boisson de prédilection, me reliait à l'engoulevent. Il ne me restait qu'à inventer une manière de voler.

Ce devint mon rêve récurrent. Il suivait toujours le même schéma : je découvrais la gymnastique qui permettait l'envol. Cela ne manquait jamais d'être une succession de gestes simples. Consciente de rêver, j'ancrais le mouvement dans mon corps en me répétant : « Tu te rappelleras, quand tu t'éveilleras, c'est trop facile » – après quoi je m'envolais et surplombais des territoires superbes, en proie à l'extase.

Au réveil, je souriais : mon squelette se souvenait de la gymnastique adéquate. Je me levais, l'essayais, et restais clouée au sol. Pourtant, ma foi restait intacte : l'enseignement onirique ne pouvait pas mentir, j'avais dû mal m'y prendre. La sensation d'avoir volé et d'en être capable était inscrite trop profondément en moi.

Pour rentrer à Dacca, nous remontions dans un avion de la Biman Bangladesh. Le sigle en était une cigogne. Loin de moi le souhait de nier le prestige de cet oiseau, mais je n'en ai jamais vu dans ce pays. Cela ne signifiait pas qu'il n'y en avait pas. Néanmoins, je n'ai pas compris pourquoi la Biman n'avait pas choisi pour symbole l'engoulevent oreillard. Le vol aventureux des Fokker de cette compagnie évoquait bien davantage les prises de risques de l'engoulevent que la calme croisière de la cigogne.

Au fond, cela n'eût pas dû m'étonner. La symbolique ne s'embarrasse guère de vraisemblance. L'animal qui représente la Belgique est le lion. Sans commentaire.

Malgré le charme de Sylhet, la destination préférée de notre famille ne tarda pas à devenir Cox's Bazar. C'était l'unique station balnéaire du Bangladesh. À la réflexion, il était déjà extraordinaire que le pays le plus pauvre du monde en comporte une. C'est oublier que le Bengale fut un royaume richissime avant la colonisation britannique, qui se chargea de démanteler tant de prospérité.

Parmi ces Anglais, un certain Cox installa (ou rebaptisa, allez savoir) une villégiature au bord du golfe du Bengale. En 1978, il ne restait pour ainsi dire rien des fastes du colonisateur, si ce n'est des hôtels en ruine dont la majorité servaient de dispensaires. Le moins effondré d'entre eux recevait encore les amateurs de bains de mer que nous étions.

À part les Nothomb, nous avions repéré une seule famille fidèle au Cox's Bazar Palace. Il s'agissait d'une tribu d'Anglais qui, bien que jeunes, entretenaient la plus arrogante des nostalgies. Ils ne quittaient jamais l'hôtel, venaient toujours prendre les repas à la table voisine de la nôtre dans ce qui tenait lieu de restaurant et nous regardaient avec mépris, quand ils ne déclaraient pas haut et fort :

— *They are as dirty as these Bengalis.*

Le soir, ils dînaient en smoking et robe longue. Notre dress code les dégoûtait. Nous ne les vîmes jamais à la plage.

Nager dans le golfe du Bengale se révéla une expérience formidable. Les vagues étaient gigantesques et se succédaient à un rythme que je n'ai pas connu ailleurs. On avait le choix entre s'abandonner à elles ou plonger dessous. Si l'on voulait prendre le large, le plongeon était indispensable.

Les grandes profondeurs étaient habitées par des requins, disait-on. Ce ne fut confirmé par aucune observation, mais ajouta au plaisir du bain une dimension de roulette russe.

Quand je ne nageais pas, je jouais avec les enfants du peuple de la plage. Ces ramasseurs de coquillages me montraient leur butin. Ils en perçaient la nacre pour les enfiler en colliers. Ils me virent jongler à trois balles et me demandèrent de leur enseigner cet art.

La misère sévissait à Cox's Bazar comme ailleurs. Étrangement, la mer adoucissait le travail de la mort. Des femmes vêtues de leur sari entraient dans l'eau avec leurs filets pour pêcher et rapportaient toujours quelques prises comestibles.

Le cormoran de ce littoral, c'était moi. Je plongeais à toute occasion. Nager, c'était voler sous l'eau. Je ne rapportais pas de pêche, rien ne m'importait que la sensation d'avoir des ailes à la place des bras. Ma tête n'émergeait que pour respirer.

Sinon, il y avait des mouettes. J'aimais leurs façons. La femelle blottissait son crâne dans le cou de son mâle, cela signifiait : « J'ai faim. » Le gentleman cherchait aussitôt de quoi nourrir Madame.

Au Bangladesh, la faim était la maladie la plus courante. Ne pas en souffrir faisait de nous des êtres à part. Je donnais mon goûter aux enfants de la plage qui le dévoraient en me regardant avec effroi, l'air de penser : « Elle n'a pas faim. »

Ils ne nageaient jamais. Quand je les invitais à me suivre dans l'eau, ils déclinaient ma proposition. Il n'y avait pourtant aucun interdit à nager. Nous n'avions pas de langue en commun pour en parler.

Ma grand-mère maternelle vint nous rendre visite. Il faut saluer cette aventurière : personne n'avait envie de venir nous voir au Bangladesh. Cette femme d'une méchanceté olympique éprouva la curiosité de constater de ses propres yeux la pauvreté du pays. Elle ne fut pas déçue.

Nous l'emmenâmes à Cox's Bazar. La présence d'une authentique sorcière sur la plage déclencha l'enthousiasme de ma tribu d'amis. Ils l'appelèrent Buri Buri, ce qui signifie « vieille vieille ». Quand elle entrait dans la mer pour nager avec énergie, les enfants hurlaient d'une épouvante joyeuse. Ils avaient l'air de se demander si nous espérions qu'elle se noie.

C'était un spectacle d'assister à la sortie des eaux du débris qui revenait vers sa famille, escortée des enfants qui criaient « Buri Buri » pour l'acclamer d'avoir survécu au bain.

L'aïeule rentra en Belgique, enchantée d'avoir enregistré tant de misère. Quand nous retournâmes à Cox's Bazar, le peuple de la plage éclata en sanglots : Buri Buri était forcément morte, sinon elle nous eût accompagnés.

La communauté étrangère nous regardait comme des excentriques. Les autres diplomates ne quittaient pas la capitale : ils se barricadaient contre le spectacle de la faim en restant dans leurs logements de fonction. L'unique sortie consistait à se rendre au club Intercontinental, centre de la vie sociale de Dacca.

Mon père disait qu'il n'avait jamais eu de poste aussi passionnant que cette jeune démocratie. Ma mère partageait sa fascination. Ma sœur et moi, nous avions honte de ne rien éprouver de positif.

À une heure de voiture de la capitale, des religieuses belges créèrent une léproserie appelée Jalchatra. Nos parents s'enthousiasmèrent pour le projet. Nous y allâmes trois week-ends par mois.

— Est-ce que je peux emporter Sirocco ?

— Un canari n'a pas sa place dans une léproserie, répondit mon père.

Jalchatra était un antique couvent délabré en pleine jungle. Ni électricité, ni eau courante. Les lépreux y affluaient du pays entier. Dès notre arrivée, Juliette et moi comprîmes qu'il s'agissait de l'antichambre de l'enfer. Tandis que nos parents mettaient la main à la pâte en débarquant du matériel médical et en recevant des malades, nous nous éloignâmes dans la jungle. Des nuées de moustiques nous y attendaient.

— Je rentre, déclara Juliette.

Rentrer suppose un chez-soi. Je voulus voir ce que ma sœur nommait ainsi. À proximité de Jalchatra, elle s'assit sur une souche et commença à lire.

Je repris, seule, mon exploration. Dans la file des lépreux, il y avait un homme qui n'avait pas de nez. À la place, un vaste trou béait. Quand il parlait, on voyait la cervelle remuer. « N'oublie pas que le langage, c'est ça », me dis-je.

Sœur Marie-Paule, soixante ans, dirigeait ce dispensaire avec énergie. Elle ne tarda pas à être assistée de deux religieuses flamandes, sœur Lies et sœur Leen, qui n'avaient pas trente ans et étaient obèses. Cette équipe de choc accomplissait des miracles.

On dormait à Jalchatra dans des cellules aussi exiguës qu'obscures. Les ténèbres n'empêchaient pas complètement de voir les araignées. Juliette et moi partagions la même cellule. Pour aller aux toilettes la nuit, nous nous escortions l'une l'autre, pour porter la bougie, à tour de rôle. Il s'agissait de ne pas tomber dans le trou qui faisait office de lieu d'aisances. Nous regagnions ensuite notre cubicule, nous demandant de quel crime cette épreuve constituait l'expiation.

Le lever du soleil était une bénédiction qui nous délivrait des pires terreurs. Sœur Marie-Paule nous gratifiait d'un :

— Alors, les gamines, n'est-ce pas qu'on dort bien ici ?

Nous n'osions pas la détromper.

Dans la proche jungle, j'effectuai des recherches : je savais que l'engoulevent oreillard nichait au sol. Armée d'un bâton, j'écartais les hautes herbes, les lianes rampantes et les branchages, dans l'espoir de tomber sur mon alter ego endormi. Je rencontrai des rats, des serpents grands et inidentifiables qui approfondirent ma perplexité. Quand on a la possibilité de nidifier dans un arbre, pourquoi s'exposer aux dangers ? La chute éventuelle des œufs me paraissait un péril moins patent que celui d'être dévoré par un boa. J'en arrivai à l'hypothèse de la paresse : construire un nid en altitude nécessitait une énergie certaine. Cela me déplaisait. Un oiseau de si mauvaise humeur devait avoir des exigences plus fortes que la flemme. Je répugnais à lui attribuer le goût de la loi du moindre effort. Puis me vint une nouvelle idée : nicher au sol, c'était la meilleure cachette. L'engoulevent était un expert du camouflage. La couleur de son plumage le rendait invisible. Si je ne l'avais pas vu, cela prouvait qu'il était là.

À la tombée du soir, je vis voler plusieurs engoulevents oreillards. Il y avait de la parade nuptiale dans l'air : les mâles claquaient des ailes. Cela ne me consola pas, cela me sauva. Quand on se sent incapable d'une pensée digne de ce nom, il reste l'observation : voici ce que m'apprit l'amour des oiseaux.

Si j'avais eu une passion pour les poissons, les serpents ou les tigres, je serais devenue une personne très différente. Quels que soient le lieu, la saison ou l'heure, on peut voir un oiseau sur cette planète. Même en plein océan, on peut assister au spectacle d'une migration de sternes arctiques. L'amour aviaire incite à être continuellement aux aguets. L'alerte est toujours de mise. Un amour qui se vit par l'observation, *a fortiori* par l'observation d'une espèce à ce point mobile, influe sur le caractère. La contemplation perpétuelle d'un être furtif m'enseigna l'art d'aimer l'insaisissable. On s'étonne de la fidélité amoureuse des oiseaux. Elle est pourtant très naturelle chez les individus à qui la notion de possession est étrangère.

Sœur Marie-Paule s'évertuait à paraître nous aimer, Juliette et moi. Elle devait mal comprendre que des gens aussi formidables que nos parents aient engendré des gamines à ce point étrangères à la compassion. Quand elle nous proposait d'aider à soigner les lépreux, nous lui répondions sans vergogne que nous devions réviser nos déclinaisons latines.

— Vous n'avez pourtant pas l'air de réviser beaucoup, disait-elle.

— C'est tout intérieur, répondait Juliette d'une voix blanche.

La vieille religieuse me surprit en train d'aplatir les hautes herbes avec mon bâton. Je psalmodiai aussitôt : « *Rosa rosa rosam.* »

Nous la détestions, mais nous avions une certaine tendresse pour les jeunes religieuses obèses qui, elles, nous adressaient de bons sourires.

J'eus douze ans. Cela me déplut qui n'augurait rien de bon. Au Bangladesh, on mariait les filles de mon âge.

La vie était d'un ennui redoutable. S'il n'y avait pas eu ma sœur et les livres, il n'y aurait rien eu.

— Tu deviens une adolescente, dit ma mère.

Je le niai. La puberté m'apparaissait comme une malédiction. Je ne voulais pas en entendre parler. L'enfance me collait encore à la peau et je la conservais par tous les moyens.

À Cox's Bazar, les parents avaient rencontré un armateur d'une cinquantaine d'années qui s'appelait Nurul Islam. Cet homme considérable ne manquait aucune occasion de me dévisager et de me parler avec déférence. Il me nommait « *the young lady* ». J'avais envie de le tuer.

— *What is the young lady's interest in life ?* me demanda-t-il – car il s'adressait à moi à la troisième personne.

— *Birds*, répondis-je.

Il fut intarissable sur *La Conférence des oiseaux*.

— Quel homme distingué ! s'émerveilla ma mère.

— Je ne l'épouserai pas, déclarai-je.

— Dommage, dit mon père, il était prêt à t'accepter sans dot.

— Cela n'amuse que vous, répondis-je.

— Tu vois, finalement, soigner les lépreux, ce n'était pas si mal.

Juliette et moi nous regardâmes avec consternation. Nous avions donc le choix entre les vieux armateurs ou la léproserie.

Je résolus l'affaire en passant le plus clair de mon temps dans la mer. Quand Nurul Islam venait installer sa chaise longue sur la plage, à côté de celles des parents, je grinçais des dents et attendais qu'il s'en aille pour sortir de l'eau.

— M. Islam t'invite à dîner sur son yacht ! annonça mon père comme j'arrivais.

— C'est une plaisanterie ?

— Non. N'est-ce pas merveilleux ?

— Tu lui as dit, bien sûr, que ta fille n'était pas à vendre ? continuai-je.

— Qu'est-ce que tu racontes ?

— La vérité. Donc tu as refusé, évidemment.

— Non ! Ta mère et moi, nous avons accepté.

— Moi, je refuse. Je n'irai pas.

— Tu iras.

— Vous avez envie que ce vieux dégoûtant me fasse des saloperies ?

— Comment peux-tu imaginer une chose pareille ? s'indigna mon père. Tu es une enfant, il le sait. Il le voit.

Je compris que la naïveté parentale pulvérisait les records. Le soir venu, je revêtis une salopette infecte. Ma mère ne le toléra pas et m'habilla d'une robe à volants. Je me rassurai en jugeant que j'étais encore pire dans cette tenue.

Nurul Islam m'attendait au bas de l'hôtel devant une Rolls-Royce. Les parents me rappelèrent que je devais remercier et, très impressionnés, regardèrent s'éloigner l'automobile. Le yacht était amarré dans ce qui avait dû être un port un siècle plus tôt. L'armateur me pria cérémonieusement de monter à bord.

Nous ne larguâmes pas les amarres. Des serviteurs me conduisirent sur le pont, où deux transats avaient été installés. Je reçus un verre de citronnade.

Force est de reconnaître que Nurul Islam fut un hôte parfait. Tandis que ses gens me servaient comme une princesse, il m'entretint de sujets élevés. Il n'esquissa aucun geste déplacé ni ne tint aucun propos ambigu. Il n'empêche que j'exécrai cette soirée. Quand il me reconduisit à l'hôtel, je m'appliquai à ne pas lui dire merci.

Juliette dormait lorsque je la rejoignis dans notre chambre. Dommage, j'avais envie de lui parler. En contemplant son beau visage assoupi, je lui dis en mon cœur : « Pourquoi ne suis-je pas comme toi ? Tu es comme les parents, tu ne vois pas le mal. C'est à se demander ce que j'ai, à le voir là où il n'est pas. »

Incapable de sombrer dans le sommeil, je ruminai mon étrange soirée. « Même si j'ai un problème, j'aimerais comprendre pourquoi le vieux m'a invitée, moi. Peut-être s'intéresse-t-il aux enfants possédés par le démon. »

Cette dernière réflexion me plongea dans des abîmes. Je cherchai les preuves de ma possession démoniaque et j'en trouvai pléthore. « Est-ce que cela me contrarie vraiment ? » me sondai-je. En soi, cela m'était indifférent. La seule chose qui ne cadrait pas avec cette hypothèse, c'était mon obsession aviaire.

« Cultive l'oiseau en toi, décidai-je. On verra où cela te mènera. »

Entre-temps, comment réagir face au souvenir de cette soirée ? « Imite tes parents et ta sœur, qui ne disent rien. »

Le lendemain matin, la vie reprit comme s'il ne s'était rien passé. Personne ne m'interrogea, je ne rapportai à personne l'innocuité de ma soirée avec celui que j'appelais le vieux.

Tandis que je nageais loin du rivage, je vis Nurul Islam venir s'installer sur la plage auprès de mes parents. Ils discutèrent. Je restai dans l'eau aussi longtemps que le vieux les entretint.

Quand il s'en alla, je les rejoignis.

— Nurul Islam nous a dit que tu es une interlocutrice de premier ordre, annonça mon père.

— C'est ainsi qu'il voit les gens qui ne prononcent pas une seule parole, commentai-je.

— Il paraît que tu as une écoute sensationnelle.

— Je fais semblant, répondis-je.

— C'est tout un art.

Ce n'était pas la première fois que je me heurtais à l'excès de positivité parentale, mais c'était la première fois que j'en éprouvais une contrariété aussi profonde.

J'attendis la suite avec terreur : l'armateur allait forcément me réinviter. Il n'en fit rien. Ma perplexité dépassa mon soulagement.

— Et toi, tu ne dis rien ? déclarai-je à Juliette.

— Je te comprends, bébé, répondit-elle.

De retour à Dacca, nous reprîmes nos études. Neuf heures de latin par semaine ne me suffirent plus, j'y adjoignis six heures de grec ancien. On se moqua de moi :

— Ce que tu es moderne !

Je restai de marbre et appris avec délices l'alphabet grec. L'avantage de l'absence de professeur, c'est que l'on obéit à son désir. Les six heures de grec cochées sur le programme se transformèrent en seize heures, aux dépens des mathématiques et des sciences. Lors des contrôles, personne ne nous surveillait : Juliette et moi n'hésitions pas à ouvrir les manuels pour recopier les réponses, y ajoutant parfois de menues erreurs pour donner le change. En grec et en latin, je mettais mon point d'honneur à respecter les consignes.

À ce compte-là, nous obtenions des résultats mirobolants. Les parents s'épataient que leurs filles soient d'aussi excellentes élèves. Ils s'inquiétaient davantage de notre langueur. Cette année-là, je grandis de douze centimètres. Juliette n'était pas en reste. Fut-ce pour ce motif que bouger devint pour nous à ce point inconcevable ? La moindre sortie nous épuisait. Un week-end, nous eûmes le front de ne pas les accompagner à la léproserie. « Trop fatiguées », nous ne pûmes rien dire d'autre.

Sentiment de profonde victoire de voir les parents partir à Jalchatra sans nous. Nous restâmes affalées dans le canapé du salon pendant deux jours.

Noël fut célébré sur un petit bateau qui circulait dans le delta du Gange. Les Sundarbans n'étaient peuplées que de crocodiles qui nous poursuivaient avec appétit. Quand je me penchais pour les regarder, ils ouvraient la gueule et je respirais leur haleine fétide. Le conducteur de l'esquif me mettait en garde :

— Au Bangladesh, tout le monde a faim ! Pour le crocodile, vous êtes un repas. Il vous avale sans presque mâcher, en une bouchée. Les sucs gastriques font le reste.

Cela me fascinait.

Je vis un jeune crocodile avaler une mouette comme une cacahuète. J'en souffris le martyre.

— Avouez que ce n'est pas un Noël banal, dirent les parents.

La mangrove regorgeait d'engoulevents oreillards, mais il fallait attendre la tombée du soir pour les voir. Je patientais en contemplant les hirondelles fluviatiles. Elles avaient la particularité de partager les terriers des bêtes fouisseuses, ce qui, en ces zones inondées, ne laissait pas de m'inquiéter. J'observais le moment où elles disparaissaient entre les racines du banian pour rejoindre l'habitat de la taupe locale. Pourquoi choisir un souterrain quand on a la possibilité de nicher au sommet d'un arbre ? C'était encore plus bizarre que cette manie de l'engoulevent de dormir au sol.

À force de méditer sur la gent aviaire, quelque chose se fissurait en moi. Je ne savais pas quoi. Ouvrir l'œuf à la coque du matin devenait un exercice philosophique.

Le changement d'année m'indifféra autant que le reste. L'ablatif latin n'avait pas d'équivalent en grec ancien. Il répartissait ses fonctions entre le datif et le génitif. Celui-ci héritait de la fonction d'absolu. Étrange apprentissage qui s'exerçait à rebours du temps, puisque le grec avait précédé le latin. C'était donc le génitif absolu grec qui avait viré à l'ablatif latin. Cette arborescence grammaticale me plongeait dans les abîmes.

En grec ancien existait un impératif passif. Conjugaison si improbable que je m'appliquai à trouver des occasions réelles de donner des ordres passifs : « Sois tué ! » ou « Sois mangé ! » Il fallait pousser loin la soumission au destin.

Pâques. Vacances à Cox's Bazar. Dans l'avion, je me concentrai sur la figure de Nurul Islam : « Sois tué ! » La petite ville balnéaire ne témoigna pas de la présence de l'armateur. Je respirai.

Chaque jour, je rejoignais le golfe du Bengale et ses vagues plus hautes qu'un homme. Je nageais toujours plus loin. Juliette et les parents restaient sur la plage à accueillir le soleil.

Quand je sortais de l'eau, je déplorais l'absence des enfants. Où avait disparu la tribu des mômes ? Il n'y avait plus que nous.

— Prends garde aux requins, dit ma mère.

J'ignorai l'injonction et je m'écartai du rivage plus que jamais. Et si je nageais jusqu'à l'horizon ?

Ce fut alors que les mains de la mer s'emparèrent de moi. Des mains innombrables qui n'appartenaient à aucun corps visible m'attrapèrent, me dévêtirent et me possédèrent. La douleur n'eut d'égale que la terreur.

« Sois mangée ! »

Il me fallut un siècle pour trouver la force de hurler.

Ma mère entendit et courut vers moi. Hélas, j'étais très loin. J'avais l'impression qu'elle n'arriverait jamais. Pendant ce temps, les mains de la mer saccageaient ce qui était à leur portée : tout.

Quand maman ne fut plus qu'à trente mètres, les mains me lâchèrent. Ma mère me porta dans ses bras jusqu'au rivage.

Mon maillot était resté accroché à ma cheville.

Au loin, nous vîmes quatre hommes sortir de l'eau et déguerpir en courant. Ils étaient jeunes et alertes, personne ne sut de qui il s'agissait.

— Pauvre petite, dit ma mère.

Il n'y eut pas un mot de plus, jamais, dans la bouche des trois témoins. Sans ceux de ma mère, je serais devenue folle.

Je ne devins pas folle. Quelque chose s'éteignit en moi. On ne me vit plus dans aucune eau.

Cet après-midi-là, je vis voler au-dessus de la plage l'hirondelle fluviatile. D'habitude, elle n'allait pas jusque-là. Couchée sur le sable, je l'observais. Elle me proposait une interprétation. La violence des mains de la mer avait arraché la coquille, je n'étais plus l'œuf que j'avais été. Oisillon dépourvu de plumes, il me faudrait accéder au statut d'oiseau. Cela serait monstrueusement difficile.

Nous ne retournâmes pas à Cox's Bazar.

Les mois qui suivirent se perdirent pour moi dans un ressac monotone et terne. J'étais là sans y être. Les manuels d'ornithologie devinrent mes bréviaires, j'y cherchais encore des méthodes pour voler.

Je retrouvai mon vieux vélo qui me donna la sensation que je pourrais y arriver. Quitter sur sa selle le quartier de Gulshan me parut une ambition juste. J'y parvins mais arrivée aux faubourgs de Dacca, il me sembla que j'atteignais la limite du monde. Je ne pus la franchir. Rouler à vélo n'était donc pas voler.

L'été, j'eus treize ans. Je détestai. Cet âge annonçait la couleur : chute, hybridité, saloperies variées. Tirer la gueule avait son sous-titre immédiat : « Elle a treize ans. »

Contre le vide, je n'avais que les oiseaux. À défaut de savoir comment apprendre d'eux, je me mis à les contempler encore davantage. Ce qui m'apparaissait comme le néant était pour eux le plus fabuleux des terrains de jeu. Là où il n'y avait rien, ils s'élançaient. Qu'est-ce que voler sinon s'adonner à l'ivresse du vide ?

Il y avait là une information cruciale, je le sentais. Elle demeurait pour moi inexploitable. Quelque chose manquait. Je me retrouvais dans la peau du peintre occidental découvrant la peinture extrême-orientale, sidéré par la révélation du vide et incapable de l'insérer dans son art, car ignorant le moyen d'évacuer la saturation.

Il fallait tout recommencer de zéro. Je ne demandais que cela, sans pour autant savoir où situer le zéro. Je me cassais la tête avec cette question.

Si profonde que fût mon absence, je n'avais pas pour autant abandonné le grec ancien. Au détour d'une version, j'appris qu'Hermès, le dieu messager aux pieds ailés, pouvait être qualifié de psychopompe. Le psychopompe était celui qui accompagnait les âmes des morts dans leur voyage. Ce nom formidable jouait également à l'adjectif : ainsi, dans l'iconographie chrétienne, il y avait l'oiseau psychopompe qui permettait d'illustrer le Saint-Esprit – la fameuse colombe qui rendait la Vierge enceinte de Jésus.

« Et si c'était moi ? » pensai-je.

La Trinité proposait des emplois que j'avais examinés avec sérieux. Le Père, non, je n'étais pas taillée pour ce costume, par ailleurs magnifiquement porté par mon père. Le Fils, j'avais envisagé ce rôle avec enthousiasme, mais ma découverte récente de la souffrance avait mis un terme brutal à cette ambition. Je ne voulais pas d'une carrière comportant une douleur à ce point absolue. Le Saint-Esprit : pourquoi pas ? Existait-il une raison d'exclure cette hypothèse ? D'autre part, qui mieux que moi convenait ?

Pour ceux qui se frotteraient les yeux face à une telle mégalomanie, précisons que, bébé, j'étais plus radicale : je me voyais Dieu. Daigner n'être que le Saint-Esprit à treize ans, cela prouvait une évolution lente mais sûre vers plus de modestie.

Au passage, je salue mes parents qui n'ont jamais cru nécessaire de me signifier certaines limites. Ainsi, renoncer au rôle du Père ou du Fils sous prétexte du masculin ne m'a pas effleurée. De telles considérations n'existaient pas pour moi. Quant au Saint-Esprit, rien ne signale son sexe, ni son âge, ni sa nationalité, ni son humanité. Il préférait être vu en oiseau. J'y travaillais.

Psychopompe : nul besoin de se réfléchir dans un mot pour l'adorer. Sans être pompeux, il avait de la pompe. Il fallait oublier sa signification pour jouir de son étrange consonance. Lorsque pour la première fois je l'avais rencontré comme épithète d'Hermès, j'en avais conclu que le dieu était le pompier de l'âme, fonction qui me paraissait si indispensable que je m'étonnai de son inexistence.

La pompe initiale, celle qui a inspiré les pompes multiples et variées, c'est le cœur. Aurions-nous pu imaginer cette mécanique basée sur les lois du vide et du plein sans le va-et-vient constant des ventricules et des oreillettes ? C'est un système de pompe qui fait circuler notre sang. Le français, langue de la plus haute ingratitude, a connoté ce verbe des pires ennuis. « Tu me pompes l'air ! », « Il a pompé Victor Hugo » et cet adjectif, « pompette », pour qualifier l'ivresse d'un jour.

Il y a une confusion étymologique. Le mot néerlandais *pompe* a donné notre verbe « pomper » au sens mécanique, quand la pompe honorifique vient du grec *pompé*, la procession. Psychopompe tire sa deuxième partie de *pomparios*, l'accompagnateur, de même origine que la pompe honorifique. Il n'est pas absurde de pressentir une racine identique à *pempo* et à *pompé*, qui serait de l'ordre de l'élan.

À treize ans, je compris que cet élan seul pourrait me tirer de la stagnation de la souffrance. Hélas, comment procéder ?

J'examinai la mythologie à la recherche d'une solution. Parmi les psychopompes célèbres, il y avait Orphée. Je l'aimais. Je voulus devenir Orphée. Pour cela, il me fallait une Eurydice.

— Juliette, tu serais Eurydice pour moi ?

— Je ne suis pas morte, voyons.

C'était exact. Je repensai à l'épisode des mains de la mer : la morte, c'était la moi d'avant. Quelques mois me séparaient de cette personne, qui me paraissaient infranchissables. J'étais le tombeau de cette morte. Pour la retrouver, traverser le fleuve des Enfers me semblait moins difficile que pour Orphée ne pas regarder la défunte. Une telle tâche me dépassait.

« Je n'y arriverai pas », me dis-je. L'instant d'après, j'eus honte de cette réponse. « Tu dois y arriver. Tu ne connais pas l'itinéraire ni la méthode. Le dinosaure qui voulait voler, c'était pareil. Prends le temps qu'il faudra. »

Rejoindre la morte en moi. Comment procéder ? Elle était à la fois si lointaine que je ne la voyais plus et si proche que je ne la voyais pas. On me surprit à regarder des photos de moi d'avant ce fatal printemps : je sentais que j'avais changé, je ne pouvais discerner en quoi.

Comme cela ne me menait nulle part, je décidai de rejoindre la seule autre morte que j'avais rencontrée, ma grand-mère paternelle. Je l'avais tendrement aimée, mais elle avait trépassé quand j'avais trois ans. Je tentai néanmoins de l'invoquer. C'était la première fois que je m'essayais à cet art, que j'allais pratiquer par la suite : parler aux défunts. Fut-ce mon inexpérience ? Cela ne donna aucun résultat.

Au Bangladesh, en 1980, la mort était omniprésente. Fallait-il que je sois cloche pour ne pas réussir à contacter la déesse locale !

« Peut-être faut-il que je meure, tout simplement », pensai-je. J'examinai froidement la question. Il y avait un obstacle : quelque chose en moi refusait. Je ne pus identifier ce blocage. Aujourd'hui, je sais qu'il s'agissait de l'instinct de survie. À l'époque, j'ignorais son existence.

Le destin psychopompe ne supposait pas de mourir. Il fallait approcher la mort. Dans un terrain vague de Dacca, j'avisai une scène frappante : des vautours posés sur le sol attendaient. Je descendis de vélo et les rejoignis. Les charognards étaient postés autour du cadavre d'un chien. Leur chef arriva et préleva sa part, qu'il alla déguster plus loin. Aussitôt les oiseaux se jetèrent sur le corps et le nettoyèrent de sa viande et de ses organes en un temps record. Je contemplai le squelette du canidé. Combien de mois me faudrait-il pour dégager mes os ? Était-ce vraiment l'objectif ? Les dinosaures avaient mis plusieurs millions d'années à alléger leur squelette. J'eus l'intuition que j'avais l'âge idéal pour alléger le mien.

Il suffisait de ne plus manger. Je cessai de m'alimenter. J'eus du mal. Les premières semaines, la faim m'obséda. Dans la bibliothèque parentale, il y avait un roman de Robert Merle intitulé *La mort est mon métier*. Ce titre me foudroya. Je le lus et même si cela n'avait rien à voir avec mon propos, cela me passionna.

La faim s'éteignit au creux de mon ventre. Je le vécus comme une victoire. Au Bangladesh, ne pas manger faisait partie de l'ordinaire. Ce qui était plus rare, c'était de posséder de quoi manger et de ne pas y toucher.

Chaque nuit, dans mon lit, je constatais que mon squelette gagnait en visibilité : je le sentais de mieux en mieux. Je lui parlais : « Tu es la morte. Raconte-moi la mort. » Elle ne répondait pas. J'avais confiance. Un jour, je l'entendrais.

Si étrange que cela puisse paraître, cette anorexie me sauva. Ces deux années sans manger furent le recommencement de zéro dont j'avais un si profond besoin. Ma victoire sur la faim officialisa une autre personne en moi.

Neuf mois s'étaient écoulés entre le traumatisme et l'anorexie. Ces neuf mois furent une épreuve sans nom, pendant laquelle je ruminai ma dégradation à chaque seconde. En comparaison de ce tourment, cesser de m'alimenter n'avait été qu'anecdotique. Certes, ma santé s'en trouva gravement compromise. Pas d'omelette sans casser des œufs.

Avant cette puberté violentée, j'avais été ovoïde. Les quelques photos de la maigreur extrême montrent un oisillon déplumé avec de gros yeux. La transition entre ces deux états avait été atroce. Passé la métamorphose, la souffrance s'estompait. Je n'avais plus de quoi la ressentir, ni ressentir quelque autre émotion.

Auparavant, quitter un pays pour un autre avait toujours été une blessure. Là, je remarquai à peine le déménagement du Bangladesh vers la Birmanie. Deux pays radicalement différents dont le seul point commun me parlait : on y mangeait très peu. Néanmoins, la faim était moins spectaculaire en Birmanie qu'au Bangladesh pour une raison simple : le pays était beaucoup moins peuplé.

« Pas d'hommes, pas de problèmes », disait Staline, qui savait de quoi il parlait. La mort disposait en Birmanie de moins d'individus à atteindre. Cela ne l'empêchait pas d'avoir du rendement, mais davantage pour des motifs politiques. Il m'est difficile d'en témoigner, j'étais à peine là.

L'ennemi intérieur me narguait :

— Tu es devenue maigre comme une arête. Voler, tu en es moins capable que jamais.

— Ce n'est qu'une étape du processus, répondais-je, flegmatique.

J'avais conscience de la défaite. Je ne pourrais jamais passer au stade suivant puisque j'allais mourir. Afin de donner le change, je me mis à retraduire L'*Iliade*. Cet effort m'emplissait d'une ardeur qui m'étonnait moi-même. Tant qu'à crever, autant s'entourer d'un peu de panache.

Mon corps était la carcasse d'un cheval de Troie. Il contenait bel et bien un ennemi dont je ne cessais de découvrir le pouvoir narquois. Quand je me regardais dans le miroir, il disait :

— Elle va bientôt mourir.

— Pourquoi me parles-tu à la troisième personne ?

— Es-tu sûre que c'est toi ?

Bonne question. C'était le reflet de quelqu'un que je voyais à peine et dont j'aurais été incapable de dire qui il était.

Je me rappelle une pensée martelée à l'âge de quinze ans : « Si qui que ce soit pouvait me garantir que je vais me sortir de ce piège, j'en pleurerais de bonheur. » Sortir de ce piège consistait à vivre. J'examinais les chemins, tous étaient bouchés.

Quand je ne traduisais pas Homère, je me postais devant la fenêtre et j'observais les oiseaux. Ils volaient trop loin pour que je puisse les identifier, à part les corneilles mantelées. Néanmoins, il m'arriva de reconnaître l'hirondelle fluviatile que je considérais comme le témoin compatissant de ma chute. Aucun engoulevent oreillard, mais peut-être l'obscurité m'empêchait-elle de le voir.

Je n'étais pas malheureuse. J'étais désespérée et angoissée et je vivais cet état dans une forme d'exaltation.

La Birmanie fut quittée pour le Laos, où il y avait encore moins de gens. Au train où allaient les choses, nous arriverions un jour au pays du néant. J'y étais déjà : mon cheval de Troie inspirait la méfiance. On le regardait avec des points d'interrogation dans les yeux. « Qu'est-ce qu'il y a là-dedans ? » J'aurais voulu répondre qu'il n'y avait rien. Ce n'était pas exact. Il demeurait une petite lueur qui brûlait sans combustible.

À Vientiane, la musique était interdite, à l'exception de l'hymne national que des haut-parleurs diffusaient au lever et au coucher du soleil. La mélodie en était d'une indigence absolue mais comme tout le monde, je l'écoutais avec extase. Dans le mauvais voyage où je m'étais embarquée par imprudence, elle était l'unique signal du passage du temps.

De l'autre côté du Mékong, il y avait la Thaïlande. Quand le vent soufflait vers le Laos, on entendait des bribes de crincrin local. Cela paraissait fantasmagorique, un pays où il y avait de la musique du matin au soir.

Le Mékong était le Styx. Vientiane était du côté des Enfers. La voix intérieure grinçait :

— Tu es une psychopompe ratée. Traverser le fleuve est inenvisageable. Tu vas mourir.

Seuls les oiseaux passaient le Mékong, et encore, uniquement ceux qui volaient loin. Le fleuve était d'une largeur effarante.

J'avais une amie qui venait me voir dans ma chambre. Elle s'appelait Viengkéo et avait trente ans, ce qui ne me dérangeait pas, car je n'avais plus d'âge. Elle disait qu'elle m'aimait pour mes sourcils : elle les trouvait beaux. Qu'on puisse voir en moi de la beauté me subjuguait.

Viengkéo signifiait Émeraude. Elle s'habillait toujours en vert. Elle me parlait avec douceur de toutes petites choses. Je lui en ai une gratitude sans borne.

Une nuit, je sus que la mort était là. Elle s'annonça par un froid inimaginable. Le thermomètre indiquait une température de trente degrés, c'était donc la faucheuse.

Il survint un phénomène hallucinant. Mon corps quitta mon âme. Le cheval de Troie recracha le peu qu'il contenait et alla manger. Mon âme – les Grecs – assista au spectacle avec des cris d'indignation. Les Grecs déclarèrent que ce n'était pas le projet, qu'on ne s'était pas donné tant de mal pour en arriver là. Le cheval acceptait l'avoinée tout en dévorant la sienne.

Ce fut le début d'une autre longue maladie. Le cheval de bois ne digérait rien. Il fallut réapprendre à assimiler la nourriture. Cela prit un temps infini avec des souffrances intolérables. Les Grecs hurlaient de rage, sans remarquer le prodige : personne n'était mort. Plus exactement, le cheval de Troie avait fait œuvre orphique. Il avait inventé une méthode aussi étonnante qu'efficace pour garantir une forme de survie, tablant sur l'avenir. Un jour, l'âme se calmerait et reviendrait. Aussi longtemps qu'elle séjournerait hors de sa carcasse, elle ne mériterait pas de s'appeler autrement : les Grecs.

Une engeance. Virgile m'avait avertie, il fallait s'en méfier. Le cheval de Troie taillait bravement la route, refusant les cadeaux des Grecs, bien placé qu'il était pour savoir leur toxicité.

Que d'aucuns aspirent à l'état de pur esprit me sidéra. Je menais deux vies distinctes, celle de mon corps et celle de mon âme. Celle de mon corps n'était pas fameuse mais évoluait courageusement vers une guérison lente. Celle de mon âme ne comportait que grincements et imprécations : mépris grec contre le métier de vivre.

Qui a vocation à devenir oiseau a du mal à être cheval de Troie. L'*Iliade* m'eût fait gagner du temps en imaginant un oiseau de bois à la place du canasson. Par ailleurs, ces deux espèces ne sont pas absolument étrangères l'une à l'autre. La mythologie me proposait Pégase comme chaînon manquant.

Je procédai à tâtons. Arrivée à Bruxelles à dix-sept ans, je commençai à écrire, sans intention aucune. Je venais de lire Rilke, qui m'indiquait un chemin sinon à ma portée, au moins autorisé. Un cheval de Troie qui écrit, on se doute que cela ne donne pas grand-chose. C'était si difficile que j'aurais voulu être un percheron de Troie, pour être capable de tirer une charrue aussi lourde. Le miracle, c'est que je n'abandonnai pas la partie.

Ces années de jeunesse furent effroyables. À l'université, mes tentatives d'intégration ne me valurent que sarcasmes. Les autres étudiants devaient sentir que quelque chose clochait. La solitude m'exposait à l'hostilité constante des Grecs. Affronter chaque jour et chaque nuit la malveillance de tant d'instances me marqua.

Je gardai le cap. J'avais l'instinct de rejoindre le Japon de mon enfance, persuadée que le salut m'y attendait.

Quand j'eus fini mes études, je retournai au pays du Soleil-Levant. J'avais vingt et un ans. Le cheval de Troie était mal en point. Tokyo n'était pas Shukugawa et pourtant mon intuition avait vu juste : au bout de quelques semaines, je sentis que les Grecs perdaient de leur virulence et tentaient un rapprochement.

Je me mis à écrire beaucoup plus fort. Il ne s'agissait plus de creuser un sillon dans la terre mais de tenter de griffer le ciel, à la manière du Skywriter. Plus je me livrais à cette gymnastique, plus les Grecs réintégraient le cheval de Troie.

Une nuit de printemps, je m'éveillai vers deux heures. Ce qui m'avait tirée du sommeil fut le constat d'un miracle : mes jambes étaient chaudes. Je n'avais plus eu chaud aux jambes depuis l'âge de douze ans. Cela faisait près de dix années que je me traînais sur deux échasses glacées, quelle que fût la température extérieure.

La sensation fut à ce point sublime que je pleurai de joie. Assise dans le lit, je ne pus m'arrêter de caresser ces jambes brûlantes jusqu'au bout des orteils. Au-delà du plaisir, je compris la signification d'un tel phénomène : mon âme tout entière résidait désormais dans mon corps. Ce n'étaient plus les Grecs et le cheval de Troie. Eurydice avait enfin accepté le stratagème d'Orphée et lui en témoignait de la gratitude.

Les planètes s'alignèrent aussitôt. Je redécouvris cette grâce inégalable qui s'appelle santé. Ce nom désigne un corps et une âme qui s'entendent bien. Une grande énergie s'empara de moi et contamina les divers pans de mon existence, à commencer par l'écriture.

Il n'y avait pas plus psychopompe que cet exercice. J'étais la Pénélope de ma propre résurrection, il me fallait relancer le processus chaque matin, mais je compris que, comme n'importe quelle difficulté qui se respecte, c'était une faveur.

La palingénésie devint une hygiène quotidienne et le resta. Dix années de survie laissent des séquelles. Celle-ci entre autres : la récurrence matinale de la peur de ne pas trouver le salut. Un miracle n'est jamais acquis. Il faut parcourir inlassablement les étapes, identiques, avec la même terreur fondée : le danger est si grand de perdre la technique du vol. À chaque aube, je me jette dans le vide avec le fol espoir de ne pas avoir désappris.

Les miracles sont presque toujours à double tranchant : Lazare sentait mauvais, l'aveugle guéri constatait la laideur des choses. Quant à moi, je sus très vite qu'il y avait un prix à payer : l'angoisse permanente de retomber dans l'abîme.

D'où la nécessité ininterrompue de mettre les bouchées doubles. Les becquées doubles : j'étais bel et bien devenue oiseau. Lequel ? Trop d'oiseaux. L'engoulevent oreillard demeurait mon totem intime, mais je contenais aussi le cormoran, la chouette, le bruant et la buse – et tant d'autres. Plus exactement ce sont eux qui me contenaient.

Désormais, écrire, ce serait voler. Je ne suggère pas que me lire soit un exercice d'altitude, je sais que quand j'atteins mon écriture, je vole. Mon rêve prit sens. Oui, j'avais découvert la gymnastique qui permettait de s'envoler : il s'agit de se positionner d'une manière particulière à l'intérieur de soi, de saisir le bon angle et la juste distance et de se précipiter.

Se précipiter au sens propre : se lancer, tête la première, dans le précipice. Voir le sol se rapprocher et battre des ailes, non pas par fantaisie mais afin de ne pas s'écraser.

Cocteau, dans *La Difficulté d'être*, définit ce qu'il nomme la ligne de l'écrivain : l'art précis avec lequel, sur la corde raide de l'écriture, il se rattrape au moment de chuter. Le style, c'est exactement cela : l'ensemble des techniques que développe chaque auteur véritable pour empêcher sa phrase de sombrer.

C'est aussi pour cela que je ne crois pas aux ratures. Dans mon cas, tomber, c'est mourir. S'il m'arrive parfois de raturer, c'est sous l'effet d'un faux battement d'ailes, j'ai pu me rattraper à une branche au passage. Si je m'effondre, c'est que le manuscrit est raté. La résurrection s'effectuera dans un manuscrit ultérieur, pas dans le texte qui a donné lieu à ma chute.

Quand Rilke dit que l'écriture doit être une question de vie ou de mort, je n'y vois aucune métaphore.

Devenir psychopompe au Japon n'était pas un détail. Le sol nippon vibre d'une force hallucinante. C'était le pays où j'avais découvert les oiseaux, sous la forme de la grue. J'aurais aimé être l'une d'entre elles, mais la grue est une danseuse.

Dans *Le Pavillon d'or*, Mishima évoque l'effigie du phénix qui constitue la flèche du temple et dit que cet oiseau s'élance non pas à travers l'espace mais à travers le temps : voilà un objectif sublime. Personne ne sait s'il l'atteint.

Ni grue ni phénix, je m'essayai en rossignol du Japon. Il n'est pas indifférent que celui qui a découvert le vol soit aussi devenu le premier chanteur. Voler inspire une telle extase que la joie de chanter s'impose.

Mon chant serait écriture. Comme l'alouette, je chanterais au moment de voler. Plus précisément, mon vol serait ma musique. Mélodie ténue, peut-être audible de moi seule, musique de survie cependant.

L'immense majorité des peuples ont identifié l'oiseau au psychopompe. Cela semble évident : qui peut effectuer le voyage le plus radical sinon celui qui vole ? Et quand on désigne un psychopompe humain, c'est Orphée, le poète, celui qui chante – l'autre attribut de l'oiseau.

Le rossignol du Japon est un oiseau somptueux. Vêtu d'un kimono multicolore, il chante comme une diva. On se doute que je ne parvins pas à lui ressembler. Je tiens davantage du merle, de par la noirceur de mon plumage mais aussi le côté expérimental de mon chant. Singulier artiste que le merle, capable du meilleur comme du pire. Ce que j'apprécie chez lui, c'est qu'il n'est jamais satisfait et qu'il ne se fixe aucune limite. Il s'inspire de tout ce qu'il entend : le bruit du marteau-piqueur ou Beethoven.

Le privilège de l'oiseau, c'est qu'il sait combien voler est difficile. Il le sait mieux que personne parce qu'il a dû l'apprendre et parce qu'il a vu mourir des oisillons – ses frères ou ses enfants – qui s'y essayaient. Il ne l'oublie jamais. C'est cette conscience plus que toute technique qui fait de lui un élu. Quand on voit voler un oiseau – surtout certains individus –, on sent son extase, son émerveillement et sa joie. Jamais il n'a l'air de penser que cela va de soi, que c'est bien naturel, qu'il n'y a pas de quoi s'esbaudir.

Il ne prend pas à témoin les autres mais lui-même. Regardez-le s'envoler, sentez ce qu'il sent : « J'y arrive ! » Regardez-le se livrer au ciel, s'adonner à l'espace : « Je vole ! Je vole ! » Regardez-le se poser : « J'atterris sans que le sol s'effondre. » L'oiseau est le génie de l'instant présent.

Je voulais vivre au présent, comme lui. Je lui empruntai sa stratégie : effectuer au quotidien ce qui vous semble aussi improbable qu'impossible. Plusieurs heures par jour, il me fallait aller au-delà de mes forces, atteindre cette allure où l'écriture s'évade de tout ancrage, se déploie et renouvelle à chaque seconde le miracle qui lui permet de tenir un instant supplémentaire. Celui qui vit un danger aussi permanent connaît le présent absolu.

À qui lutte sans arrêt contre les lois de la pesanteur, impossible de se projeter ni dans le passé ni dans le futur, et par futur j'entends la seconde d'après. Le nombre de paramètres à prendre en compte dépasse l'imagination : le frottement de l'air, les courants imprévus, le geste juste, ni trop ample ni trop saccadé, la bonne distance par rapport au réel, qui plus que jamais correspond à la définition de Lacan – ce contre quoi on se cogne.

Le principe essentiel est le rythme. Perdre une mesure, c'est perdre la mesure. Un coup d'aile maladroit qui tombe dans le tempo n'a aucune incidence – quitter le rythme même un seul moment peut s'avérer irrattrapable. N'est-il pas frappant que le temps soit au cœur des deux privilèges de l'oiseau, le vol et le chant ?

Je débutais dans ces arts et j'eus à me coltiner les gouffres des commencements. Du premier vol naît une exaltation qui constitue à elle seule un péril monstre : celui qui l'éprouve ne sait plus ce qu'il fait. Les aspirants écrivains ont tous connu cela : relire le lendemain ce que la veille on avait tracé en proie à l'extase et s'apercevoir que le sillon de la charrue ne porte aucune marque de l'élévation vécue. Pire : que ce n'est pas l'utile sillon d'une charrue, que ce n'est rien, littéralement rien.

Ceux qui en déduisent qu'on peut écrire sans rien éprouver de grand se trompent tout autant. Il ne faut pas se protéger de cette immensité mais y gagner son rythme. Ressentir la pression du Niagara et lui donner, si c'est ce qui convient, le tempo du *plic ploc* du robinet qui gouttine. Travailler sa force de contention.

Méfiez-vous de celui qui affirme : « Je ne veux pas grand-chose : juste écrire. » Soit il ment, soit c'est pire. Écrire est le désir le plus haut, à l'égal de voler. Aucun oiseau ne pense : « Je ne veux pas grand-chose : juste voler. » Pour pratiquer le vol chaque jour, il sait que c'est colossal. L'intérêt d'écrire au quotidien, c'est aussi cela : ne jamais oublier à quel point c'est difficile.

J'eus à apprendre également la règle de s'embarrasser d'un minimum de matière.

Pour s'envoler, l'oiseau sait ce qu'il ne faut pas emporter : tout ce qui pèse. À quoi reconnaît-on l'écriture du débutant ? À ses excédents de bagages. Il n'épargne rien à sa phrase, et si on le questionne sur l'importance de tel ou tel élément, il s'insurge :

— Ah, ça change tout, on a besoin de le savoir !

Pouvoir différencier le détail qui compte de celui qui leste, le mot puissant du mot encombrant : un art qui prend des années.

Je n'écrivis jamais que des romans, sans doute afin de m'accoutumer à la vue d'ensemble. L'oiseau n'en donne guère l'impression et pourtant il y a une cohérence dans son vol. Peut-être l'ignore-t-il, mais je prétends que son désir n'est pas fonction de sa seule fantaisie. Il a le souci d'explorer, de répertorier, de cartographier. C'est un observateur. Quand un tremblement de terre est sur le point de se produire, il est au courant avant les autres et il cesse de chanter. Qui contemple et écoute profondément l'oiseau est averti de l'état du réel.

Le roman lorsqu'il obéit à son rôle stendhalien de miroir promené le long du chemin a cette dimension prophétique, à moins que l'intention en soit visible. L'intention est cette volonté qui crispe la réalité au point de la retourner comme un gant. Un romancier honnête remplace l'intention par la tension, le besoin de pouvoir par la curiosité. Ce qui s'apprend par l'expérience : écrire en tenant compte du paysage plus que du but.

L'artiste accompli est celui qui ne sacrifie pas les choses vues au *big picture*, ni l'obsession à l'observation. La juste proportion se sent dans le corps. Il faut des années de vol pour percevoir cet équilibre. Patience, donc.

C'est précisément là que le bât blesse. Quatre-vingt-dix-neuf pour cent des débutants refusent la phase d'apprentissage. La publication est considérée comme l'objectif. C'est aussi absurde que si l'oiseau envisageait le vol comme le moyen de participer à un meeting aérien. Combien d'entre eux ai-je entendus dire : « Mon manuscrit a été refusé. J'ai perdu mon temps. » Un texte dont l'éditeur ne veut pas, je conçois que cela blesse. En conclure qu'on a perdu son temps, c'est lui donner raison.

Le privilège absolu, c'est d'écrire. Il n'y a pas de grâce plus élevée. La publication est parfois un plus, souvent une détérioration du plaisir initial. L'obtenir au prix d'un effort considérable, d'une angoisse maladive, d'une douloureuse obsession n'y change rien.

Il ne viendrait pas à l'esprit de l'alouette de stigmatiser les tourments que voler lui a causés. Son chant en vol n'est-il pas une expression de joie ? Aucun oiseau ne se pose en victime.

Je me demande quand a commencé l'habitude de rechigner chez l'écrivain. Orphée se plaignait-il de son rude labeur ? Je ne pense pas. Ne peut-on voir dans ce bougonnement une tendance humaine à vouloir le beurre et l'argent du beurre ? Écrire est une grande liesse, mais le finaud se dit qu'il pourrait quand même espérer joindre à cette exaltation le plaisir de se victimiser. « Vous m'enviez d'être écrivain ? Vous ne vous rendez pas compte, c'est un travail de chien, je m'use la santé, etc. »

Longtemps, j'ai volé sans arrière-pensées. J'avais vingt-deux ans, je venais de découvrir la technique de vol. Je me réveillais chaque matin dès quatre heures, si fort était mon désir. Le petit matin est le moment idéal. Quand on se réveille tôt, on a l'état d'esprit qu'il faut. On est seul et on peut s'adonner à ce mystérieux saut dans le vide. On a saisi le principe : le vol consiste à créer une tension et à la résoudre. À chaque instant. Si la résolution ne suscite pas de jouissance, elle n'est pas résolution : on s'effondre aussitôt.

Michel Leiris regrettait que l'écriture ne comporte pas un danger comparable à la corne du taureau dans la tauromachie. Il se trompait de métaphore. L'écriture comporte l'énorme péril de la chute, parce qu'elle est un vol. Cocteau définissant le concept de ligne s'en rapproche : le funambulisme est une étape vers l'envol. Il y est question d'un équilibre si précis qu'on s'écroule au moindre doute.

Chaque matin, je voulais éprouver dans mon corps ce savoir-faire. Je comprenais pourquoi auparavant j'en étais incapable :

mon âme n'était pas dans mon corps. Le moteur n'était pas dans l'avion.

Bientôt débuta mon calvaire dans l'entreprise japonaise. Je pris le pli de me réveiller encore plus tôt afin d'avoir le temps de m'ébattre dans le ciel de Tokyo avant d'aller subir mes heures quotidiennes d'humiliation au bureau. Cette double vie dura un an, pendant lequel je dormis deux heures par nuit.

Cet échec professionnel eut le mérite insigne de m'ouvrir les yeux sur mon incompétence. Si voler pouvait devenir mon activité à part entière, ce serait magnifique. Je subirais certainement des refus éditoriaux, mais ce ne serait pas pire, comme humiliation, que subir les avanies de la compagnie Yumimoto.

De retour à Bruxelles, j'écrivis ce qui fut mon onzième manuscrit, un roman intitulé *Hygiène de l'assassin*. Je tentai de l'envoyer à des éditeurs parisiens. Il fut accepté par Francis Esménard pour Albin Michel, qui le publia le 1er septembre 1992.

Découvrir Paris m'éblouit. On m'avait prévenue contre cette ville et son hostilité ne m'échappait pas. Et pourtant je tombai en amour devant tant de beauté. Les éditions Albin Michel devinrent ma volière d'élection. J'y voletais quotidiennement.

Par voie de presse, j'appris bientôt que personne ne me prenait pour l'auteur d'*Hygiène de l'assassin*. Mon physique ne cadrait pas avec l'idée que l'on pouvait avoir de cet individu. Cela m'amusa. En effet, qui eût pu croire que ce roman était l'œuvre d'un oiseau ? Je mis un certain temps à comprendre que ma nature aviaire était étrangère à cette affaire. C'était ma jeunesse et mon sexe qui déconcertaient. Je me désintéressai d'une polémique à ce point stupide. Il n'y avait aucun moyen de prouver que j'avais écrit ce livre et la raison pour laquelle on daigna me l'attribuer, en fin de compte, fut qu'aucun autre auteur n'en réclama la paternité. J'étais la seule à en vouloir.

Être un oiseau s'avéra plutôt un atout. On me qualifiait d'inattrapable. Ce n'était pas dit avec bienveillance mais cela m'allait. La vision latérale me permettait de voir les innombrables tentatives d'intimidation avec un certain détachement. La nature aviaire est moins fragile que la personnalité humaine. Je nidifiai sans trop de problèmes.

La vraie difficulté consistait à assumer le rôle psychopompe. Cela n'allait pas de soi. La mort, toujours diligente, rôdait autour de moi comme autour de chacun. Pour autant, je n'avais pas forcément les réflexes *ad hoc*. Quand quelqu'un passait l'arme à gauche, j'avais tendance à m'envoler ailleurs, comme la vie le suggère.

Accompagner l'âme du défunt : à supposer qu'on accepte cette mission, encore faut-il savoir comment procéder. Prononcer les formules d'usage ne suffit pas. Je me découvris une absence de talent psychopompe qui me crispa.

Je continuai à écrire à tire-d'aile. Chaque manuscrit constituait une migration inconnue : je ne savais pas où j'allais, je découvrais l'itinéraire en chemin. Plus j'écrivais, plus j'avais l'impression de procéder à une gigantesque cartographie de l'univers aviaire. Je me laissais porter par tel ou tel vent pour découvrir les courants. Il s'agissait de ne pas se laisser piéger par des considérations ineptes telles que la signification, le message, ou le symbole. Si ces trajectoires se révélaient avoir un sens un jour, je ne devais pas espérer le voir à cet instant. Peut-être d'ailleurs ne serait-ce pas à moi d'apercevoir le géoglyphe que j'étais en train de constituer. Et s'il n'y avait aucun géoglyphe, cela n'avait pas d'importance.

Choisir le très long terme, c'est aussi ne pas se soucier des jugements immédiats. Mes romans sortaient annuellement et étaient plutôt bien accueillis. Les démolitions ne manquaient pas, preuve de cet accueil : on me remarquait. Je vivais le bon et le mauvais avec philosophie.

Je perdis un être follement aimé. Ce fut la première mort qui me marqua. J'avais vingt-huit ans et je ne trouvai d'autre parade que de me sentir mourir. N'était-ce pas une attitude psychopompe ? Mais dans la douleur qui me taraudait, j'entendis la voix aimée. Ce n'était pas un fracas ni une certitude mais un suintement que je décidai d'écouter. Je reconnaissais son timbre et son langage. Je répondis. Un dialogue s'installa. Ce n'était pas un compagnonnage, c'était néanmoins un accompagnement. Qui accompagnait qui ? Ne pas pouvoir le déterminer me parut bon signe.

De tels phénomènes, chacun les interprète à sa manière. Ce qui me frappa, ce fut la certitude de ceux qui y voyaient de l'autosuggestion. Ce n'était jamais qu'une hypothèse parmi les autres. Comment prétendre détenir la vérité en la matière ? L'autosuggestion relevait à coup sûr du contentement de soi. Je savais que jamais je n'aurais pu trouver en moi de quoi me susurrer les répliques du défunt. À ceux qui les auraient attribuées à ma mémoire ou à mon imagination, j'aurais répondu qu'il fallait faire peu de cas de l'autre pour supposer que sa complexité et la subtilité de ses propos puissent être si facilement remplacées par de tels artefacts. Du reste, il ne s'agissait pas de remplacement ni même de consolation. C'était juste la manifestation première de ce que je ne cesserais pas de constater par la suite : entre la mort et la vie, le fossé n'a rien d'infranchissable.

Cela ne me donnait pas plus de lumières sur la mort. Psychopompe n'a rien d'une mission épistémologique. Si c'est métaphysique, ça l'est par défaut. Le psychopompe n'affirme rien d'autre qu'une ignorance infinie. La plasticité de l'ignorance est le contraire d'un dogme. La pompe, dans psychopompe, induit une propulsion. Le psychopompe est celui pour qui la mort n'est pas la cessation du mouvement. Le mort, comme le vivant, a encore du chemin à parcourir. Il serait prétentieux de confondre le psychopompe avec un guide, mais il n'est pas abusif de voir en lui la présence amicale qui accompagne les débuts du défunt dans son long voyage.

Si l'oiseau a été pressenti par tant de cultures pour ce rôle, c'est qu'il a l'art d'être là sans encombrer. C'est une épiphanie subtile que le vol d'un oiseau. Il n'aboie ni ne mange dans votre main. Les navigateurs du passé guettaient avidement le premier oiseau, qui leur signalerait le succès d'une traversée. Le psychopompe, ce n'est pas autre chose.

Mon accompagnement consistait à écrire. J'avais une preuve concrète que c'était en rapport avec la mort : quand j'écrivais mes manuscrits, même en période de canicule, ma température chutait spectaculairement. Je renouais avec le froid abyssal qui avait failli m'emporter à l'adolescence. C'est toujours le cas aujourd'hui, à l'instant même où j'écris ces lignes.

Le froid est une donnée encore plus mystérieuse que la chaleur, même si l'un et l'autre sont relatifs et infinis. Pourtant, il existe un zéro absolu. Un tel point

n'existe pas dans le chaud. Ce zéro absolu
(– 273 °C) correspond à la cessation de
toute forme d'agitation cellulaire. Même la
mort n'est pas cela. Le froid est plus puissant que la mort.

Pour avoir beaucoup éprouvé l'un et
l'autre, j'observe combien l'être est fonction d'eux. En canicule, tout sature : la
vitalité aussi. La saturation n'est pas un
bon fonctionnement, elle induit un dégoût
nauséeux, un à quoi bon, une fatigue physique et mentale de l'ordre de l'affaissement. Dans l'excès de froid, on découvre
la profondeur de notre misère. Réduits à
notre portion congrue, nous nous concentrons sur l'essentiel, nous devenons un pur
bloc de pauvreté.

On peut mourir de chaud. Je n'ai pas
approché cette mort, du moins pas encore.
J'ai failli mourir de froid. Peut-être cette
imminence contrecarrée explique-t-elle les
affinités que j'ai avec le froid. Je le déteste
parce que je lui ressemble. J'ai conservé des
traits de lui contre lesquels je lutte. Quand
Kafka dit que la littérature sert à briser la
glace qui fige en nous, cela me parle trop.
J'écris aussi pour que le gel ne prenne pas

en moi. Paradoxe absolu puisque écrire me plonge dans un froid sans nom. Je reconstitue des conditions d'une hostilité extrême pour résoudre une énigme. Tout se passe comme si je cherchais à savoir jusqu'où je peux escorter la mort.

Lorsque les températures deviennent par trop négatives, certains oiseaux émettent un chant d'une beauté déchirante. Il n'y a pas d'explication biologique à cette splendeur. La seule que les ornithologues ont donnée est celle-ci : la révélation de la beauté diminue l'angoisse due au froid. En cas de canicule, on peut tendre l'oreille : aucun oiseau ne chante. Or, crever de chaud produit du stress. Il faut croire qu'aucune émotion esthétique ne délivre de l'anxiété caniculaire – ou du moins qu'aucune espèce ne l'a encore trouvée.

Le psychopompe travaille du côté du froid, car même si celui-ci est plus puissant que la mort, ils se situent dans un hémisphère identique. Orphée, le premier humain répertorié psychopompe, créait des chants poétiques qui lui donnaient accès aux Enfers. À ma manière, je me livre à des expériences de cryogénie.

Psychopompe débutante, je procédais de façon intuitive, à rebours du jeu de cache-tampon : « Tu chauffes » ou « tu brûles » signifiait « tu te trompes ». « Tu refroidis » : continue, tu es dans la bonne direction. J'écrivais avec un thermomètre intérieur.

Mes manuscrits, qu'ils soient publiés ou non, incorporent la mort de plus en plus. Chacun de mes textes invente sa manière de ne parler que de cela. Je n'ai pas caché ma longue préméditation liée à *Soif*, qui est un écrit psychopompe : accompagner au plus près celui dont le trépas fut le destin suprême, l'escorter au moment précis de sa mort et après. Jésus aussi a pu avoir besoin d'un psychopompe. Devenir le psychopompe du Christ fut sûrement mon projet le plus ambitieux.

J'avais retardé cette entreprise autant que je pouvais, consciente de la disproportion entre ma personne et le sujet. L'écrire se révéla écrasant. Il fallut descendre dans des zones de grand danger. Le verbe « descendre » s'impose par constat : j'avais la sensation physique d'une lente plongée dans des abysses intérieurs. Au fond du gouffre, je retrouvais l'ombre du mort par excellence que j'identifiais à Jésus. L'anachronisme ne posait pas problème. Mourir, c'est aussi sortir du temps.

La véritable difficulté consistait à occuper ma juste place et à m'y tenir : le psychopompe ne se confond pas avec celui qu'il accompagne, il l'escorte au plus près sans prétendre abolir le fossé qui sépare un individu d'un autre. L'oiseau est parfait pour ce rôle, présence fraternelle et pudique à la fois. Je devais apprendre la manière aviaire d'aimer : l'épiphanie sans excès, le regard latéral. Le paroxysme de l'amour, c'est de se poser sur l'épaule de l'autre.

Écrire cette proximité singulière m'enivra. Rilke avait raison, la vie choisit toujours la voie la plus ardue. L'exercice psychopompe me fit me sentir plus vivante que jamais. Au-delà de cette griserie, j'avais besoin d'interroger le Christ au moment crucial de son existence. Je questionnai et il me fut répondu.

Mes peurs étaient multiples et fondées : je risquais de déranger un mort que je respectais, je risquais de perdre la raison, je risquais surtout de ne pas y arriver. Comme l'oiseau qui essaie de voler, je savais qu'il n'y aurait pas de seconde occasion. Si je chutais, il s'agirait de ne plus jamais m'envoler. Affirmer que j'écrivis ce texte en proie à la terreur sacrée ne doit rien à l'exagération. Je ne subissais pas le supplice mais mon écriture en était à ce point proche que chaque matin, en me réveillant, je me disais : « Il est temps de monter sur la croix. »

Les quatre mois que dura cette expérience me saignèrent tant que je les crus sans suite. Que peut-on écrire après *Soif* ? Toute succession paraissait dérisoire. Je me trompais. L'hémorragie provoqua un appel qui renforça mon sang. À peine accouchée, j'écrivais à nouveau, et rien n'est négligeable quand il s'agit de se refaire une santé.

Allais-je publier *Soif* ? Le partager me sembla beaucoup moins grave que de l'écrire. Je le relus et je le trouvai conforme à la musique que j'avais entendue. Il fut publié et déclencha de part et d'autre les colères prévues. Néanmoins, il suscita aussi des réactions magnifiques.

Je l'apportai à mon père, le premier être à m'avoir parlé de Jésus. Il le lut et l'aima. Cette lecture compta plus que mille autres pour moi. Je ne savais pas à quel point ma joie se justifiait. Quelques mois plus tard, mon père mourut. C'était le début de la pandémie, je ne pus donc pas assister aux funérailles. Confinée à Paris, seule avec ma peine, je perçus très vite qu'il se produisait un phénomène singulier.

À personne je n'avais confié le caractère psychopompe de l'écriture de *Soif* et de mon écriture en général. Il faut supposer pourtant que mon père l'avait compris, car il se mit à me parler sans relâche. Cela n'avait rien à voir avec le filet de voix si ténu de mon premier mort. C'était, reconnaissable entre toutes, la voix paternelle.

Cet homme pudique me parlait comme il n'avait jamais parlé de son vivant. À cœur ouvert, il me tenait des propos de père idéal. Il avait été un bon père mais toujours sur ses gardes, comme empêché par une gêne fondamentale. Celle-ci avait disparu. Il me parlait désormais d'aplomb.

Les mois s'écoulèrent. La voix paternelle ne tarissait pas. J'en éprouvais un réconfort profond. L'été, je pus enfin aller en Belgique me recueillir sur sa tombe. J'eus l'impulsion de m'allonger à plat ventre sur cette pierre tombale et aussitôt je sentis l'âme de mon père m'étreindre, comme il n'eût pas osé le faire vivant, sans qu'il soit possible pour autant de douter de son identité. J'en pleurai de bonheur.

L'automne venu, la voix paternelle ne cessa pas. Je commençai à me demander si c'était bon signe, ce mort qui avait tant à dire à sa fille. Certes, j'en étais touchée. Au-delà de l'émotion, j'évaluais la nature de l'appel. Avec le recul temporel, l'évidence est criante. À l'époque, cela n'allait pas de soi. Mon père m'avait identifiée comme psychopompe et voulait vivre cette expérience avec moi. « Je l'ai fait pour Jésus, je peux le faire pour Patrick Nothomb », pensai-je.

Je débutai l'écriture par sa première rencontre avec la mort, avant ma naissance. Devenir la psychopompe de mon père s'avéra terriblement exaltant. Il ne s'agissait pas d'écrire sous sa dictée. J'écoutais ce qu'il me disait mais j'avais à cœur de moduler la musique de sa voix. Je rédigeais la partition de son éternité. De son vivant, mon père avait écrit deux livres autobiographiques. Prodigieux témoignages, littérarité faible, parce qu'il n'omettait aucun détail. Il m'appartint de raboter cet héritage pour n'en conserver que la substantifique moelle.

Qui avait besoin de qui ? Dans le cas de Jésus, c'était moi l'unique nécessiteuse. Dans le cas paternel, miracle de l'équilibre parfait : j'avais besoin qu'il me parle et il avait besoin que je *le* parle. Quand il vivait, il adorait que je parle de lui. Depuis sa mort, il désirait que je le transforme en une langue vivante. J'avais le sentiment de jeter les bases du Patrick Nothomb sans peine, d'élucider son lexique, de déblayer sa syntaxe. Cela, il n'en eût pas été capable : il n'avait aucune conscience de la spécificité de son idiolecte.

J'avais eu une belle relation, comme on dit, avec mon père, mais en vérité, depuis son trépas, c'était infiniment plus profond qu'une relation. C'était, par la grâce de cette écriture psychopompe, l'échange que chaque enfant rêve d'avoir avec son père, et réciproquement : un amour sans rapport de force, un dévouement sans sacrifice, une estime sans titulature officielle.

J'avais aimé mon père vivant avec politesse, en lui mentant chaque fois qu'il fallait : souvent. Désormais, l'aimer avec politesse n'impliquait plus aucun mensonge, ce qui n'entraînait d'ailleurs de ma part aucune confession, tant je sentais ce père, autrefois distant, en proximité absolue. J'écrivais, il lisait par-dessus mon épaule et quand je me retournais pour avoir son avis, je le voyais heureux.

L'amour autorise à tout se dire, il n'y contraint pas. Mon père mort ne se livra pas à des conférences. Si je découvris tant de choses précieuses à son sujet en écrivant *Premier sang*, c'est parce que l'écriture, pratiquée au degré espéré, est le plus fulgurant des moyens d'élucidation. La présence constante de mon père y contribua, certes, mais sous forme de ce que l'on nomme le *contact high*. La mort a ceci de commun avec le trip d'être une sortie du temps. La libération de cette prison entraîne des pouvoirs.

Le cerveau fonctionne aussi comme une radio, il peut être émetteur et récepteur. L'âme de mon père avait conservé ce double mode. Elle continuait d'émettre et recevait mieux que de son vivant. La nature de ses émissions étonnait. Lui qui ne m'avait jamais parlé de George Sand se mit à m'entretenir à son sujet avec enthousiasme. À cette époque, Sand m'indifférait, donc cela ne pouvait pas être de l'autosuggestion. J'en étais restée à *La Petite Fadette*, je me mis à lire *Histoire de ma vie* et je fus conquise.

Écrire la voix paternelle fut psychopompe d'abord pour moi : cela me conduisit à comprendre pourquoi mon père avait eu un tel besoin de m'engendrer. Si étrange que cela puisse paraître, je connaissais les faits et je n'avais pas saisi l'importance du lien de causalité. Il avait pourtant raconté ces circonstances dans son livre *Dans Stanleyville*, que j'avais lu deux fois. C'est fou ce qu'on peut être bouché face à ce qui crève les yeux. Quand je pris conscience de devoir la vie à l'imminence contrecarrée de sa mort et au débordement d'instinct vital qui s'ensuivit, je fus bouleversée comme jamais.

Je veux croire que *Premier sang* fut psychopompe également pour mon père. Si j'avais à ce point senti son désir que j'écrive ce livre, c'est qu'il demeurait, sinon du non-dit, au moins un surcroît de rage de vivre qui devait s'exprimer.

Premier sang est un livre de vie. De tout ce que j'ai écrit, c'est ce qui regorge le plus de vitalité. Je ne suis pas une championne du vitalisme, il s'en faut. C'est l'expérience psychopompe qui a rempli ce texte de cette énergie si particulière : l'excès de carburant de mon père a trouvé en moi son récepteur. C'est d'autant plus singulier que lui non plus, de son vivant, n'était pas un champion du vitalisme. Il était un héros au sens profond de ce terme : une personne qui se distingue des autres, un être en retrait. Le contraire d'une grande gueule qui occupe le devant de la scène.

Réussir sa mort dépend de nombreux facteurs. Je ne peux pas prétendre les connaître et pourtant, quand quelqu'un réussit sa mort, je le sens : il s'agit de partir au meilleur moment, après avoir accompli ce que l'on savait être sa mission. C'était sûrement le cas de mon père, il n'avait pas besoin de moi pour réussir sa mort, mais j'ose affirmer que j'ai contribué à faire d'elle un chef-d'œuvre.

Ce qui lui manquait encore, c'était une légende. Une légende, c'est plus fondamental qu'une biographie : c'est une essence verbale. L'étymologie nous renseigne, la légende, c'est ce qu'il faut lire au sujet de quelqu'un. Et si l'on sait que l'étymologie latine de *legere*, lire, c'est cueillir, la légende, c'est la cueillette métaphysique. Voici les fruits de la vie de mon père.

Début janvier 2021. Je suis au Pont d'Oye, assise au bureau paternel. J'écris *Premier sang* aux petites heures du matin. C'est fort, d'être assise à son bureau et d'écrire sa légende. Le soleil n'est pas levé, la lampe m'aide à y voir. J'écris l'interrogatoire ultime de Gbenye, le chef des rebelles qui, juste après le peloton d'exécution, vient demander à mon père s'il veut avoir un enfant supplémentaire. Réplique fabuleuse et authentique de Patrick :

— Cela dépendra de vous, Monsieur le Président.

Après avoir écrit cela, je reste interdite et je pense : « Et si c'était le mot de la fin ? »

À cet instant précis, la lampe s'éteint. Stupéfaction. Je dis à haute voix :

— Papa, ton livre s'arrête ici.

La lampe se rallume.

— Je vois que tu es d'accord.

Je referme le cahier.

Ce fut l'unique intervention directe de mon père dans l'écriture de ce livre. Le moins qu'on puisse dire, c'est qu'elle fut significative. L'excipit souligné par celui qui avait vécu son excipit.

J'apportai le manuscrit à mon éditeur, qui accepta de le publier. Dès ce moment, mon père se tut. Il avait obtenu ce qu'il voulait. Je le connaissais assez pour savoir qu'il le désirait. De son vivant, quand je parlais de lui, forcément en bien, il exultait. Il avait confiance en moi, à raison. Jamais je n'outrepasserais certaines limites.

Le silence paternel ne fut pas absolu. Ses interventions se firent rares et anecdotiques. Surtout, je sentais qu'il s'agissait d'un silence heureux. Je ne suis pas mieux renseignée que quiconque au sujet de la mort ; néanmoins, le calme profond de mon père, succédant à près d'un an de dialogue, donne à penser qu'elle pourrait être le grand repos si souvent évoqué. Si c'est le cas, comment ne pas se réjouir de ce long sommeil ? Peut-être parce que je suis insomniaque, je ne peux pas imaginer de meilleure hypothèse.

Pour autant, rien n'est résolu. Il n'existe pas de technique psychopompe, il n'existe pas de mode d'emploi pour la mort des êtres chers. On peut s'y préparer à condition de ne pas perdre de vue que chaque départ est radicalement différent. « Le style, c'est l'homme » : c'est valable aussi après le décès.

Impossible d'anticiper ce que sera le comportement de tel ou tel, *post mortem*. Cela dépend surtout des relations que l'on entretient avec lui de son vivant.

N'excluons pas les surprises : se découvrir détesté de qui l'on se croyait apprécié, connaître la révélation d'un amour irénique quand on ne voyait qu'une amitié facile, être foudroyé de tant d'indifférence alors que les preuves d'admiration fourmillaient.

Le silence est polysémique. Il en est d'amoureux comme il en est d'hostiles. Et puis, les éventuels échanges sont fonction du récepteur. Recevoir un message, cela s'apprend. J'ose croire que si je suis un bon récepteur, c'est que j'ai traversé des déserts nombreux. Ce n'est pas une condition suffisante mais c'est indispensable.

Si tout le monde n'est pas candidat à la fonction de psychopompe, c'est pour une raison simple : la plupart des gens refusent. Ma mère était et est toujours au désespoir de son veuvage. Combien de fois ne lui ai-je pas suggéré d'amorcer un dialogue avec son mari tant aimé ? Comme elle prétendait en être incapable, j'ai voulu l'aider :

— Viens, nous allons lui parler ensemble.

Elle a toujours trouvé des prétextes pour se dérober. Cette attitude, je l'ai beaucoup vue, c'est même le choix majoritaire.

Les morts d'un côté, les vivants de l'autre. N'est-ce pas ainsi qu'on nous apprend à vivre, à rebours parfois de nos intuitions les plus sûres ?

Il m'a fallu tant de temps pour prendre conscience de ma vocation psychopompe. Je ne savais pas que j'en éprouvais le désir. À vingt ans, j'ai perdu des amis précieux. Il ne m'est pas venu à l'esprit de les écouter après leur mort, sans doute est-ce pour cela que je n'ai rien entendu.

L'essentiel, c'est l'émetteur. Certains défunts émettent et d'autres pas. J'espère que c'est uniquement fonction de leur désir et non d'autres facteurs moins sympathiques. Je le répète : le silence n'est pas mauvais signe. Nous l'avons tous remarqué, il y a des silences heureux. Certains morts trouvent aussitôt, si j'ose dire, l'équilibre.

À nous de tendre l'oreille, la seule qui fonctionne, celle du désir, pour le cas où le défunt a quelque chose à ajouter. Avec mon père, ce fut clair comme de l'eau de roche. Parfois, ça peut être autrement ambigu. Si un mort détesté tente d'entrer en communication avec vous, raccrochez.

On a le droit de refuser. Si l'importun insiste, répétez comme un mantra : « Je n'ai rien à vous dire. » Il finira par se lasser. Ce genre de défunt recourt presque toujours à la culpabilité en guise de levier. Ne tombez pas dans le piège. Vous le détestiez de son vivant, n'imaginez surtout pas que le décès l'ait changé.

Cela ne contredit pas une vérité que j'entrevois de mieux en mieux : certains individus sont faits pour être morts. Nul cynisme dans ce propos. Mon père était un vivant excellent, et pourtant, quel mort accompli ! J'admire le talent avec lequel il m'a parlé. Sans se démentir, sans changer de ton, combien il est passé du *small talk* à la profondeur !

Plus encore que par son désir de légende, c'est ainsi que j'interprète le dialogue *post mortem* avec mon père : vivant, une pudeur extrême l'avait empêché de déclarer ses sentiments. Il se réfugiait derrière des pirouettes pour rester dans la légèreté. Certes, nous sentions qu'il nous aimait. Nous aurions aimé qu'il le dise.

La dernière fois que j'ai vu mon père vivant, c'était le 9 mars 2020. J'étais à Bruxelles et je m'apprêtais à prendre le train pour Paris. Au moment de lui dire au revoir, j'ai dû sentir quelque chose, car j'ai déclaré, de mon initiative :

— Au revoir, papa. Je t'aime.

Et il a répondu :

— Au revoir, Amélie. Je t'aime.

Nous ne nous l'étions jamais dit.

Je suis partie très émue et puis je n'y ai plus pensé. Huit jours plus tard, il mourait.

Aucun lien de cause à effet. Mon père est mort du cancer qui le rongeait depuis longtemps. Le fait est là, c'était son premier « Je t'aime », en tant que récepteur et en tant qu'émetteur. Il ne l'avait jamais dit à ma mère, qu'il aimait d'amour fou.

Pourquoi ? Je ne lui ai pas posé la question et pourtant je devine la réponse : parce que c'était gênant à dire. Par conséquent, ma mère, si éperdument amoureuse qu'elle fût, ne le lui avait jamais dit non plus. À elle j'ai osé poser la question du pourquoi d'une pareille abstention.

— C'était à lui de le dire en premier lieu, répondit-elle.

— Tu aurais pu au moins le lui demander.

— Beaucoup trop dangereux, déclara-t-elle catégoriquement.

Cela avait le mérite d'être clair. « Beaucoup trop dangereux. » Elle avait raison. Même chez un couple uni depuis cinquante ans, de tels mots demeuraient explosifs. Par ailleurs, ma mère était une femme de l'époque : l'initiative revenait à l'homme.

En déclarant « Je t'aime » à mon père, non seulement je lui faisais découvrir l'effet que cela faisait de se l'entendre dire, mais en plus je saisissais une prérogative masculine. Manifestement, il n'y fut pas insensible, puisqu'il me réciproqua aussitôt ma déclaration, avec autant de ferveur que moi.

Je n'aurai jamais le fin mot de l'affaire, mais je n'exclus pas que mon « Je t'aime » ait été le déclencheur des incroyables dialogues posthumes que j'ai eus avec mon père. Il lui avait fallu attendre près de quatre-vingt-cinq ans pour recevoir sa première déclaration. Et si cela avait ouvert une porte en lui ?

Mon père était dans l'amour et l'amitié, il aimait les gens, tout le monde peut en témoigner. Il n'était pas avare de mots gentils. Et pourtant, il avait ceci de particulier que dire « Je t'aime » lui paraissait inconcevable. Ce n'est pas un hasard s'il a éprouvé un si profond coup de foudre pour le Japon, qui le lui a bien rendu. Si la réincarnation n'est pas un vain mot, il avait dû être un shogun : il en avait la puissante majesté, la cruauté polie, la sévérité pleine de bonhomie.

J'essaie de me mettre à sa place. Il avait déjà un pied dans la tombe et voilà que sa fille chérie lui dit : « Je t'aime. » À l'évidence, il en avait été ému. Et peut-être a-t-il pensé que cela méritait un sacré postscriptum. Dont acte.

Bref, je me félicite de lui avoir dit « Je t'aime » à temps. Ce sont des mots qu'il vaut mieux entendre de son vivant. Cela étant, même si vous n'avez pas eu cette audace ou cette possibilité, dites-le aussi à vos morts. Je suis persuadée qu'il n'est jamais trop tard. Ce sont des mots qui ont des propriétés particulières.

Tant qu'il y a de la vie, il y a de l'espoir, dit le proverbe avec justesse. J'étendrais, pour ma part, son champ d'action. La mort n'est pas la limite des transformations. Ce serait d'autant plus absurde qu'elle en est une elle-même. Un lien raté dans la vie peut sinon se réparer, au moins se métamorphoser dans la mort. Non, ce n'est pas une tentative béate de consolation. C'est un constat. Je le répète, il vaut mieux régler ses problèmes avec un vivant qu'avec un mort, mais si vous ne l'avez pas fait, ce n'est pas irrémédiable.

Dans le cas de mon père, il ne s'agissait pas de problèmes à régler. Les nôtres étaient insignifiants, du moins, ils ne m'obsédaient pas. Il s'agissait de vivre enfin l'effusion de deux êtres qui, après tant d'années, s'étaient déclaré leur amour. Avis à tous ceux qui croient que les paroles sont inutiles quand on se sait aimé. Oui, nous nous savions aimés l'un de l'autre. Il n'empêche, quelle ivresse de le dire et de l'entendre !

L'existence alterne les moments où l'on est émetteur et ceux où l'on est récepteur. Ce qu'il y eut de bouleversant, dans un tel échange, ce fut aussi la quasi-simultanéité des rôles. À peine avais-je émis ces mots puissants que je les recevais. Qu'est-ce qui est le plus fort, les dire ou les entendre ? C'est précisément cela, le miracle de l'amour : abolir la frontière entre émission et réception. Fusionner les êtres au point de ne plus savoir qui parle ni qui entend. Toucher une main sans pouvoir trancher si c'est à soi ou à l'autre. Je souhaite à tout le monde de découvrir cette indétermination.

Björk, que j'admire au superlatif, dit dans l'une de ses chansons que déclarer « Je t'aime » brise le charme. C'est un point de vue. Peut-être en effet vaut-il mieux ne pas le répéter chaque minute. Transformer en une scie des mots aussi magiques, quel gâchis ! La même Björk, dans tant d'autres de ses chansons, déclare « *I love you* » sans mesure. C'est comme le champagne : c'est ma boisson préférée, et pourtant il m'arrive de ne pas avoir envie d'y goûter.

De mes livres, le préféré de mon père était *Soif*. Son amour pour le Christ devait y avoir contribué, mais j'imagine aussi que ce fut sa prise de conscience du caractère psychopompe de sa fille. N'excluons pas sa préméditation : « Quand je serai mort, je parlerai à Amélie. On verra ce que cela donnera. »

On a vu.

Ce qui va sans dire va mieux en le disant : il n'existe pas de mode d'emploi. Déjà, on ne peut ni ne veut jouer les psychopompes avec n'importe quel macchabée. Il faut un lien, et un lien puissant. On n'est jamais obligé : j'ai refusé de parler avec un mort que je trouvais importun. Il s'est obstiné puis il s'est lassé, comme un vivant. C'est fou ce que les comportements anthumes et posthumes se ressemblent. Avoir peur d'un mort est aussi absurde que d'avoir peur d'un vivant : dans les deux cas, il suffit de dire non et de persister.

Mais si l'on accepte d'être hanté, il n'y a aucune raison que cela se passe mal. Pour ma part, je ne connais pas de plus belle cohabitation. On peut aimer un vivant à la folie et avoir besoin d'une heure sans lui. Un défunt aimé n'encombre jamais.

Je ne voudrais pas avoir l'air expérimentée. Trois morts acceptés, un refusé, ce n'est pas un *curriculum mortis* très imposant. Cela ne s'anticipe pas : comment préjuger du succès d'un trépas ? Comment réussir sa mort ? Y être prêt et en situation de disponibilité me semble un bon indice. Bien sûr, il faut éviter autant que possible de trépasser avant l'heure. Mais si l'on se trouve dans un accident et que l'on voit arriver une mort inévitable, il faut déclencher le processus d'acceptation. Se dire que cela va être une expérience extraordinaire, passionnante, et qu'il ne faut pas en perdre une miette. Ouvrir grand les yeux et les oreilles.

Le contact psychopompe s'adapte à la personnalité de chaque émetteur et de chaque récepteur. L'initiative revient au mort. J'avoue ma perplexité face à ceux qui font tourner les tables. C'est moins le procédé que les manières qui m'interrogent. Les défunts sont à cheval sur la politesse, ils n'aiment guère qu'on les force à réagir. On peut leur parler, on ne peut pas exiger qu'ils répondent.

Ne vous offusquez pas si un mort n'a rien à vous dire. Son silence peut être le meilleur signe. Il a pu trouver d'emblée le grand repos idéal. Et puis, pour un défunt, s'exprimer exige un effort considérable. Il ne le fera pas pour vous raconter des banalités creuses. Le contact psychopompe demeure une rareté parce qu'une telle dépense d'énergie suppose un propos essentiel. Il me semble important de le préciser, vu que ceux qui recourent à un médium pour parler à un cher disparu posent le plus souvent cette question :

— Ça va, papy ?

Je comprends, mais ne dérangez pas votre défunt pour si peu.

Le psychopompe doit se rendre disponible. Cela ne signifie pas qu'il faille arrêter de vivre. On peut vaquer à ses occupations tout en disant parfois, à l'intérieur de soi, à celui qui est parti : « Je suis là, si tu veux. »

Autre évidence : le mort a le même caractère que le vivant. N'en profitez pas pour régler vos comptes. Si vous acceptez la communication, attendez que le défunt se soit beaucoup exprimé pour émettre un propos négatif. Viendra le moment opportun pour le dire.

Je me rappelle avoir dit, au cours de notre dialogue, un propos vexatoire envers mon père. Aussitôt, il m'a envoyé l'odeur désagréable qu'il avait quand il était malade. Le message était clair. J'ai ri, le remugle s'est aussitôt dissipé.

Dans la majorité des cas, la conversation intense finit par se calmer. Ce n'est pas triste. Là aussi, c'est comme dans la vie. Le silence n'est pas une fin de non-recevoir, ni une rupture. Il est même le test absolu, en amitié comme en amour. L'être avec qui l'on peut se taire en harmonie, c'est l'élu.

Le mort est souvent plus éloquent que le vivant. Il ne ressasse plus. Il lui suffit de tenir le propos une seule fois pour en être quitte. Inspirez-vous de lui. Le ressassement, c'est de la parole contaminée par l'aigreur : du verbe malade. Pour en guérir, il faut habiter son énoncé si pleinement que la répétition devienne impensable.

Comme je bassinais mon amie Tatiana, éditrice belge, avec des propos de cet acabit, elle me demanda si je me préparais à écrire la suite des *Quatre Accords toltèques*. Je devrais me le tenir pour dit.

Il me reste à cultiver l'oiseau en moi. Ce n'est pas gagné. Une ressemblance anecdotique ne m'intéresse pas, pas plus que de poétiser l'espèce. L'oiseau n'est pas cette jolie créature sans poids qui volette au gré de sa fantaisie, l'oiseau est le fort des faibles que nous sommes. Saint François d'Assise a beaucoup brodé sur eux. Quel dommage que Nietzsche n'ait pas reconnu en l'oiseau son surhomme – enfin, son suranimal ! Même le plus ravissant des colibris est une divinité puissante et non une mignonne petite chose.

Quand je séjournai au cœur de la forêt amazonienne, je trouvai un répertoire d'ornithologie locale. J'eus le tournis en le feuilletant. Il était quinze fois plus énorme que son équivalent européen. C'était à se demander comment l'équipe d'ornithologues avait procédé pour enregistrer autant d'espèces – d'autant que, comme le précisait la préface, nombre d'entre elles leur avaient forcément échappé. Ce n'était pas seulement leur diversité qui hallucinait, mais surtout leur aspect. J'avais l'impression de découvrir à chaque page une nouvelle sorte de guerrier, au faciès térébrant pour des raisons plus graves que ses couleurs. Ce qui me frappa le plus fut, dans la quasi-totalité des cas, la dissemblance absolue entre le mâle et la femelle. J'éprouvai de l'admiration pour ces scientifiques qui avaient été capables de deviner que celle-ci avait le moindre rapport avec celui-ci. Comment ne pas être fasciné par du vivant aussi divers ?

Une importante proportion de géoglyphes amérindiens représentent des oiseaux. S'agissant de montrer aux dieux du ciel les divinités de notre terre, choisir l'oiseau force le respect.

Depuis que j'écris au régime qui est le mien, j'ai des cadences aviaires. Je me réveille de plus en plus tôt, sans m'accorder la moindre exception, et je m'y mets aussitôt. Vous ne verrez jamais un oiseau ne pas s'éveiller à l'aube et s'octroyer une grasse matinée. Pas plus que lui je ne négocie avec moi-même.

Mes jours et mes années connaissent des migrations petites ou grandes. Mes rythmes sont saisonniers. Lorsque j'arrive dans une chambre d'hôtel, je nidifie.

Quel oiseau ? Avant la banalisation de la photographie, l'ornithologie relevait du massacre. Les ornithologues européens envoyaient leurs hommes au loin afin qu'ils leur rapportent des spécimens de chaque espèce. Il fallait que les cadavres fussent en bon état, ce qui rendait leur meurtre d'autant plus difficile. En Chine, un rabatteur eut l'idée de demander l'aide d'un chasseur indigène pour trouver un passereau particulièrement rare. Le Chinois le lui rapporta plumé. Le dépit de l'Européen lui apprit qu'il ne cherchait pas cette bestiole dans le but de la manger. Il n'en revint pas.

Afin que les oiseaux n'arrivent pas pourris après leur long voyage en bateau, les rabatteurs s'essayèrent à la naturalisation.

Ils avaient souvent à empailler des animaux très abîmés à cause d'un coup de carabine maladroit. Plusieurs d'entre eux conçurent le projet d'inventer des oiseaux composés de diverses espèces, en fonction de la dégradation de leurs originaux. Ils pratiquaient le troc entre eux :

— J'ai ici un croupion de casoar très correct. Auriez-vous des ailes convenables à échanger ?

Les ornithologues européens, émerveillés, virent arriver des oiseaux d'une incongruité formidable. Ils payèrent grassement leurs hommes de main et invitèrent leurs amis dans leur cabinet de curiosités voir des serpentaires dotés d'ailes de colibri avec des serres de cormoran.

Il fallut que la photographie remplace ces braconnages pour que les tueries cessent, mais aussi pour que les collectionneurs s'aperçoivent de ces supercheries.

Si je suis un oiseau, je dois être l'une de ces bizarreries inventées par un braconnier malhonnête : un casoar casqué avec des ailes de bergeronnette grise et des serres d'engoulevent. Quand je pose pour un photographe, à mon malaise s'ajoute la gratitude : la photo suffira à prouver mon existence, il ne sera pas nécessaire de m'empailler.

On se doute que cela ne me suffit pas. La grande mission d'un oiseau consiste à approfondir son pouvoir psychopompe. J'en suis encore au stade du bricolage. Je n'ai pas dit mon dernier mot.

De la même autrice
aux Éditions Albin Michel :

HYGIÈNE DE L'ASSASSIN
LE SABOTAGE AMOUREUX
LES COMBUSTIBLES
LES CATILINAIRES
PÉPLUM
ATTENTAT
MERCURE
STUPEUR ET TREMBLEMENTS,
Grand Prix du roman de l'Académie française,
1999.
MÉTAPHYSIQUE DES TUBES
COSMÉTIQUE DE L'ENNEMI
ROBERT DES NOMS PROPRES
ANTÉCHRISTA
BIOGRAPHIE DE LA FAIM
ACIDE SULFURIQUE
JOURNAL D'HIRONDELLE

NI D'ÈVE NI D'ADAM
LE FAIT DU PRINCE
LE VOYAGE D'HIVER
UNE FORME DE VIE
TUER LE PÈRE
BARBE BLEUE
LA NOSTALGIE HEUREUSE
PÉTRONILLE
LE CRIME DU COMTE NEVILLE
RIQUET À LA HOUPPE
FRAPPE-TOI LE CŒUR
LES PRÉNOMS ÉPICÈNES
SOIF
LES AÉROSTATS
PREMIER SANG, prix Renaudot 2021
LE LIVRE DES SŒURS
L'IMPOSSIBLE RETOUR
LE JAPON ÉTERNEL

AMÉLIE NOTHOMB

EST AU LIVRE DE POCHE

Le Livre de Poche s'engage pour l'environnement en réduisant l'empreinte carbone de ses livres.
Celle de cet exemplaire est de :
150 g éq. CO₂
Rendez-vous sur
www.livredepoche-durable.fr

Composition réalisée par PCA

Achevé d'imprimer en décembre 2024 en Espagne par
CPI Blackprint Iberica SL – 08740 Sant Andreu de la Barca
Dépôt légal 1ʳᵉ publication : janvier 2025
LIBRAIRIE GÉNÉRALE FRANÇAISE
21, rue du Montparnasse – 75298 Paris Cedex 06

40/6096/3